다 인연이우다게

다 인연이우다게

황학주

정인희(1986~2023)를 기리며

차례

3부 전생에서부터 당신을 쫓아온 사람

4부 우리가 마주치면 왜 눈이 왔을까요

"작업이 어려워질수록 내 눈은 자연을 좇아간다. 너무나 아름다워 같은 방향으로 달리지 않을 수 없는 것들을 향해 내 생각은 가다 멈추다 한다. 내가 발견한 혹은 발굴한 풍경 속에는 언제나 내가 있었고, 사랑하는 사람이 있었다. 제주의 변화무쌍함과 때로는 적막한 풍경에 시간이 덧칠해질수록 소중한 것들에 대한 애정은 더욱 깊어간다. 다시금 나는 다짐한다. 그것들에 대해 더욱 적극적으로 그림으로 말해보기로. 다음 작업의 키워드는 사랑하는 사람, 우산과 고양이, 하늘색 풍경, 제주의 일상 등이 될 것이다."

－「결혼·제주—사랑하는 사람에 대해 말해보라」,
화가 정인희의 작업 노트(2023년) 중에서

당신 다음에 내 차례가 된 게 정원의 겹물망초 때문인가 싶기도 하지만, 담 너머 어둑한 숲 사이 좀 비뚠 입구는 눈을 뗄 수 없이 엷고 미묘한 하늘색을 띠고 있다.

　"급하면 하나님이 천사를 보낸다"는 말을 어디선가 들었다. 당신이 그 천사였다면, 내게 와 칠 년을 그냥 제주에서 단둘이 산 것인데 무슨 일을 맡아 내게 왔던 것일까. 기도를 하며 하나님께 또 물어본다.

2024년 12월
황학주

1부

말이 울 때 슬픔이 없는 사람이
어디 있으리

귤 창고

오전 열 시 일 톤 트럭이 귤 농장 안으로 들어와 멎는
다. 나는 우리집 이층에서 귤밭을 내려다보고 있다. 여
인이 내리자, 적재함이 빈 흰색 트럭은 귤밭 사이로 들
어가 이내 시야에서 보이지 않는다. 품이 넓은 감색 바
지에 회색 셔츠를 입은 여인은 길을 따라 걸어와 곧장
창고 안으로 들어산다.

저 농장 주인 부부와 여러 번 집 앞에서 마주친 적이
있다. 농장이 우리집과 이웃하고 있는지라 평소 눈인
사 정도는 하고, 오늘 날씨가 참 좋다는 말도 하고 지
낸다. 남편은 무뚝뚝하고 여인은 서글서글한 형이지
만, 두 사람 다 귤농사로 잔뼈가 굵은 농부들이라는 걸
몸 전체에서 알 수 있다.

그들은 윗마을 와흘리에 산다. 와흘리는 메밀밭으로 유명한 마을이고, 나는 그 드넓은 돌밭에 메밀이 자라 올라 촘촘히 박히고 이내 하얀 메밀꽃 천지가 되는, 황무함과 생명감이 뒤섞이는 시간의 와흘리를 좋아한다. 점심때가 되자 키 크고 구부정한 남자가 창고 안으로 들어간다. 아마도 집에서 싸온 도시락을 먹고, 그런 후엔 언젠가 나도 본 적이 있는 분홍색 텀블러에서 커피를 따라 먹는지 모르지.

　귤밭엔 귤나무와 귤 열매만 있는 게 아니라 정적과 나른함과 귤잎에 반짝이는 햇빛이 있고, 찬찬히 보면 뿌려져 있는 퇴비, 잡풀과 돌멩이, 나무토막과 떨어진 잎, 사방으로 연결된 급수관과 스프링클러, 암반들이 있고 암반 근처 빈 땅엔 달리아가 달리아 옆엔 해바라기가 심어져 있다. 거기에다 눈에 보이지 않지만 많은 생물이 어김없이 제 방식으로 제자리를 차지하고 살고 지나다니고, 울고 노래하며 함께 있다. 한데 인간이 무수히 겪으면서 그랬듯이 이런 곳엔 추락을 부추기는 생심이 있고 거기에 엮인 비명과 외침이 메아리치는 장면이 있다. 그리고 내가 떨어지지 않으면 아무 소용이 없는 협곡인 시구 하나가 기다린다.

이 농장에 창고는 저것 한 채뿐이다. 다른 귤 창고와 별반 다를 바 없으나 창문이 있는 게 특색이며, 비닐 봉지 같은 바람이 막고 있는 창문을 나는 계속 바라보고 있다. 캡 모자를 쓴 남자가 창고에서 나와 다시 귤밭 사이로 들어가고 바다에서 솟은 해가 머리 위를 지나 산 위로 점점 이동하지만 여인은 창고에서 꼼짝않고 나오지 않는다.

길에서는 귤나무들에 가려 창고 출입문이 보이지 않는다. 지나가는 사람들은 그 안에서 무슨 일이 벌어지는지 알 길이 없지만 창고 창문이 있는 쪽 벽면은 우리집 이층에서 잘 보인다. 그 창고 안 한편은 넓은 책상과 꽤 많은 책이 귤 박스에 차 있다. 여인은 귤밭이 언덕을 비탈져 내려가 바다 앞에 이르는 것을 볼 수 있는 창가에 아직 앉아 있다. 아마도 오늘은 천 평이 넘는 귤밭에 일생 매달려 살아온 여인에게 휴식이 주어진 어느 한 날일 것이다.

말 타는 관리사

아내와 나는 조천 바다가 내려다보이는 엇비슷하게 내리막진 목장길을 따라 산책을 나선다. 우리집 좌측 돌담과 접해 있는 말 목장의 말 한 마리가 아내 쪽으로 다가오더니 담을 사이에 두고 기어코 눈을 마주친다. 그러고는 꼼짝않고 아내의 눈에서 시선을 떼지 않는다. 말의 크고 투명하고 예쁜 눈에 반해 즉각적으로 고독이 느껴질 정도이다. 아내는 신기해하며 내 쪽을 본다. 환한 미소를 날리며.

열한 마리의 말을 기르는 이 목장의 주인은 서울 사람이고, 관리사는 말 운송기사 출신의 사십대 제주 남자이다. 나는 한 달에 한두 번 정도 관리사가 말을 타고 목장 밖으로 난 마을 소로를 따라 어디까지인가 갔다가 되돌아오는 걸 목격하곤 한다. 나도 어쨌든 어려서부터 말을 좋아했고, 아직도 언젠가 내 집에서 말 한 마리는 기르게 되리라는 믿음이 남아 있으므로, 하늘이 청명한 날 검은색 안장을 지우고 흰색 말을 타고 가는 사람이 흥미를 불러일으키는 것은 자연스러운 일이다. 누구라도 말을 타고 밖으로 나간다는 것에는 분명히 사람을 끄는 어떤 매력이 있다.

편한 점퍼 차림에 짧은 부츠만 신고 따각따각 말굽 소리를 내며 말고삐를 편안히 쥐고 가는 남자의 뒷모습은 자동차 통행이 많지 않은 조와로를 따라 천천히 그리고 부드럽게 내 마음의 텅 빈 로타리를 돌아 조천읍 방향으로 꺾여 사라진다. 중산간에서 말을 타고 바닷가 가까운 읍내로 내려가는, 기침이 없고 그리면서 연하고 매끄러운 그 모습은 아무리 달리 생각하려 해도 달리 생각할 수가 없는, 본질적인 인간의 아름다운 자세 그 자체이다. 정말 훌륭한 정경이다.

아침 햇살에 젖은 숲을 끼고 귤밭 딸린 동네를 벗어나면 무적을 울리며 올라오는 상상의 배가 있을 것만 같고 마치 그 배를 마중하러 나가는 듯한 우리의 아침 산책은 대흘리까지 이어지고 하루는 또 그렇게 어딘가로 벋어가고 있다.

아내의 손을 잡고 목장길을 따라 되돌아온다. 나는 다시 말 관리사를 생각한다. 그는 운동장만한 목장에 사료를 던져 매일 말을 먹이고 저녁마다 고함을 질러 말을 모아 쇠막에 넣거나 마방에 똥을 치우고 톱밥을 깔며 말을 씻기고 닦아주는 일을 한다. 때론 혼자서 지게차를 몰며 창고에 드나들기도 한다. 쉬운 일 아니다. 어디엔들 왜 삶의 격류가 없으랴. 어느 한곳에도 기댈 데 없고, 죽고 싶을 정도로 힘이 들어 말을 끌기 시작했다는 말 관리사의 말처럼 우리가 어떻게 고통을 피할 수 있으며 말이 울 때 슬픔이 없는 사람이 어디 있으리.

우리가 무엇이라고 불러도 되는 '한 마리의 말'을 가슴에 기르고 있는 한 우리 인생이 헛되다는 걸 알 수 있으며, 어쩌면 그 때문에 모든 것은 가슴으로 연결되는 것이라고 믿는 사람은 괜찮은 사람이다.

그대를 위한 작은 기도

한 달에 두어 번 서울 사무실에 출근했다 이삼 일 만에 제주에 돌아오면 그길로 곧장 공항 가까운 용담해안도로나 조천포구 쯤에 가 바다 공기를 쐬곤 한다. 아내는 대개 나를 따라 서울 나들이를 했다가 내가 사무실에 있을 땐 전시회를 보러 가거나 친구를 만난다. 오늘은 이른 시간에 서울에서 내려와 내처 산 곳이 협재 해수욕장이었다. 우리는 바다가 길게 보이는 카페 창가에 나란히 앉았다. 태풍이 막 지나간 해안은 아직 거친 파도가 파도를 갈아타며 한없이 몰려오고 횟집이었다가 업종이 바뀐 카페는 화병이 테이블에 있다. 그때 문득 떠오른 이름은 진소미. 하얀메꽃 때문이었을까.

내가 그대에게 지어준 이름은 소미였다. 그 소미는 내가 이십 년 전 서울에서 직장생활을 잠시 접고 협재

해수욕장 근처에서 일 년 시를 쓸 때 여러모로 나를 도와준 이장이자 어부이자 농부인 어르신이 손녀의 작명을 부탁해 지어드린 이름. 늘 젊고 아름다워라는 의미였으며 이웃이 된 한 여행자가 아기에게 보내는 작은 축복이기도 했다.

그대는 이제 스물한 살의 어엿한 여인이 되었을 것이다. 우리 사이에 별다른 인연이 있는 것도 아니고 내가 기억하는 것이라곤 아기의 얼굴과 그 이름밖에 없지만, 어느 대목에서 갑자기 그 이름이 떠올라 그대가 어디서 어떻게 살고 있을까 생각해본다. 사실은 아주 가까이 살고 있는데 서로 모를 수도 있지만, 소미는 진소미로 살고 있을 텐데, 누구나 자신의 이야기를 써내려가는 생의 여정에서 어떤 사랑에 응답해야 한다는 사실을 익히고 있겠지.

건너편에서 차를 마시며 낮은 화병에 담긴 꽃송이를 물끄러미 바라보고 있는 관광객으로 보이는 여인이 그대일 확률은 정말 적을 것이지만, 이를테면 소미라는 이름을 가진 또다른 동년배의 그대일 수도 있지 않을까 상상해보는 일은 재미있다. 제주에 살지 않을 수도 있고 다른 이름을 가진 여인이 되었을 수도 있는 소미. 이십 년 만에 불현듯 떠오른, 이름을 짓기 위해 여러 날 많은 이름 자들을 나열해보았던 그 옛날의 습자지 한 장을 떠올려보는 것인데, 누군가에게 이름을 주었다는 사실이 사실은 삼갔어야 할 일이었나 싶은 현기증을 유발하며 하얀 메꽃 송이와 겹쳐진다.

그렇지만 귤 상자 몇 개와 책걸상뿐인 방에 한지 도배를 하고 앉아 시를 쓰던 이십 년 전 당시의 협재 주변이야말로 아찔할 만큼 놀랍고 손쓸 수 없이 쓸쓸한 미색(美色)이었다는 것을 들려주고는 싶다. 그 컬러를 다시 찾아내는 것은 이제 불가능에 가깝다는 사실도. 그 시절 여행사의 조심 또한 내게 남아 있지 않겠지만 여행은 여행자의 영토이자 일터이고, 그 속에서 진소미라는 인연 하나를 책 짐과 함께 싸들고 돌아간 것은 좋은 일이었다고 믿고 싶어진다.

아내는 신용목 시인이 내게 부쳐온 시집을 나보다 먼저 읽고 있다가 내 건너편 젊은 여인을 힐긋 쳐다보는 중이다.

만년(晚年)

틈틈이 마당을 매는 것은 아내의 몫이다. 나는 웃자란 잔디를 깎고 여름 동안 미루던 나무들의 전지 작업을 했다. 훤해진 마당을 고양이 루코와 아루가 먼저 지나다닌다. 정원을 가꾸다보면 자주 눈이 가는 방향이 있다. 아무리 가까워도 나무와 나무 사이에는 거리가 있고, 그들도 눈치가 있다. 그들도 서로 바라보는 곳이 있다. 나는 마당에 책상과 의자를 놓고 보고 있다.

우리집 담장을 두르는 나무는 동백, 담팔수, 왕벚나무, 야생무화과, 소나무 등이며 대나무는 이웃과 경계하는 북쪽에 치우쳐 줄지어간다. 내 시에 자주 등장하는 나무는 현관 가까이 서 있는 삼 미터 높이의 올리브나무이다. 올리브나무 한 그루만 키웠으면, 하던 오랜 소망은 올리브 나뭇잎이 가진 '숨은 초록'의 매력 때문

이었지만, 대바람 소리를 듣고 싶어 맹종죽을 심은 것
은 정말 만년엔 귀가 닫히지 않아야 한다는 바람 때문
이었는지 모른다.

  집 입구쪽에서는 잘 보이지 않는 연못이 모서리에
있다. 수련과 두어 가지 수초가 자라고 그 밑에서 노는
빨간 물고기 몇 마리가 가끔씩 눈에 비친다. 연못을 둘
러싼 돌들에 착생하는 이끼는 왕벚나무와 야생무화과
의 그늘 밑에서 번식을 계속하고, 폭염에 타버린 일부
도 이런 가을이면 봄풀처럼 다시금 싱그러워진다. 이
끼는 연못 둘레에서 깔린 돌들을 따라 묵은 담장 위로
올라간다. 그 사이사이에 콩짜개나 작은 양치식물들
을 데리고 퍼진디. 니는 이끼를 인위적으로 채집해 붙
이거나 연출하지 않는다. 왼쪽이 조금 나아가듯 바른
쪽이 조금 나아가듯 번식하는 그대로를 보며 이끼 속
에서 올라와 덩치가 커진 풀을 뽑아주거나 한 번씩 물
을 주는 것 말고는 하지 않는다. 세월도 못 되고 풍경
도 못 된 그런 세월도 지나고 풍경도 지나며 우리가 함
께 지나온 시간들, 정원은 무엇을 알고 있을까.

  무엇을 꿈꾸랴. 정원엔 미술 같은 풍경이 있어 햇빛

이 가지 사이로 떨어지면 잔물결이 일듯 살아 있는 것
들의 색은 일제히 몸을 떤다. 나는 화단 한쪽에서 안경
알을 닦으며 아내가 잡초더미를 담장 가로 모으는 것
을 본다. 그리고 온도가 몇 도 떨어질 때까지 사실은
색이 조심스레 더해지고 나눠지고 사라지기도 하는 정
원 주위를 오래 보고 있다. 이런 삶도 방랑의 하나인
데, 흰눈처럼 풀씨 날리는 벤치에 앉아 서로의 무릎 위
에 다소곳이 마른 손을 포개고 있는 노부부의 모습은
지금 어디쯤 오고 있을까. 10월의 햇빛은 잔디와 돌들
의 뿌리에 닿고, 고양이의 발끝까지 보드랍게 내려간
다. 정원의 모든 가을꽃들의 낮잠 속으로 함께 들어가
려는지 나비 한 마리가 수풀에 앉는다.

　소나기가 묻어오려는지 꽃대들이 흔들릴 때 나는
바람에 휘둘리는 것뿐인데 이렇게 맨발로 정원을 딛는
정원사의 시간은 한결같이 한결같이 가고 있다. 무명
(無名)으로.

변시지 그림에 관한 단상

아내와 내가 자주 가는 곳이 있다. 만약 서귀포 쪽이라면 섶섬이 보이는 구두미포구와 보목동 일대이다. 우리가 조그만 집을 하나 구하고 싶어하는 보목동 골목은 훤히 꿰고 있다. 오늘은 '변시지 유럽기행전'이 오픈해 서귀포 기당미술관에 갔다. 기존의 변시지 그림들을 그대로 두고 유럽 풍광을 그린 작품을 이어 달아놓은 전시이다.

대체로 변시지의 그림 속에 태양은 일렁이며 세계는 불가사의한 노랑인데, 검은 선획으로 그려진 소나무에 몸을 기댄 초가가 있고, 구부정한 사내는 지팡이를 짚고 때로 쪼그리고 앉아 얼굴을 숙인 채 마른 먹선으로 조각배 한 척을 띄우고 고립된다. 그 자리는 없는 누군가의 옆자리일 것이다.

태풍 시리즈는 압도적인 검붉음이다. 울부짖는 파도는 사막의 모래와도 같아 인간의 목마름과 배고픔을 해소해줄 수 없고, 조랑말과 함께 남겨진 사내가 희미한 길 하나를 겨우 직각으로 일으켜세우며 삶에 대한 질문을 향해 덤벼든다. 그에 답하여 화가는 폭풍 일대야말로 거기가 어디이든 세상의 끝자락 어디라는 것이며 인간에게는 그곳이 곧 삶의 중심이라고 짚어주는 듯하다. 끝내 내일을 꿈꿀 수 있게 해주는 것은 바람이며 고난이라는 듯.

이번에 공개된 유럽기행 그림들 또한 변시지의 작업방식을 그대로 따른다. 몽마르트 언덕이나 로마 도심을 그릴 때에도 주위에 지팡이를 쥔 노인 한 사람만 있는 것은 매한가지이다. 혼자가 아니어야 할 이유가 없기 때문일 것이다. 그리고 화려한 건축물들 또한 거친 골격만으로 존명하고 있어, 조랑말 하나와 절벽을 기어올라간 듯한 사내의 초가집 한 채만이 덜렁 얹힌 제주 해안과 다를 바 없다. 유럽의 풍광 앞에서도 화가가 내린 결론만이 두드러지는 이런 세상에 놀랐다는 듯 감상자들은 수군거린다. 그림 속의 사내는 관찰 가

운데 발생하는 변형된 화가 자신의 모습일 것이다,

　그리고 소리가 있다. 변시지의 그림엔 제주나 유럽
등 장소불문, 사위가 절멸처럼 고요할 때 붓끝이 지나
간 단순한 흑백 또는 황갈색이 말할 수 없어 묻어둔 소
리와 보이지 않는 누군가의 외마디와 신음소리 등을
뱉어낸다. 거기엔 제주 자체를 삶 속에 떠안고 표랑하
는 섬이었으며, 성난 바람의 예각을 달래며 바람의 맨
앞장에서 삶의 방향을 가늠했던 밤배였으며, 어머니의
어머니였으며, 우리의 눈앞에서 끊어진 길을 걸어 보
인 제주 해녀 또한 있다.

　기딩미술관을 나와 우리는 구두미포구까지 가며 걷
는다. 이어서 아내가 좋아해 꼭 들르는 곳은 마을 초입
에 쉰다리를 파는 비닐하우스 주막이다. 길모퉁이 작
은 주막 평상에 앉아 쉰다리 한 주전자를 시켜놓고 오
늘은 그렇게 눈앞의 섶섬과 멀리 떠 있는 지귀도에 같
이 눈을 맞춰보는 것이다. 아내는 변시지의 그림에 대
해 한마디를 했다. 평생 몸을 펴지 않은 채 그리는 기
법 같다고.

동네 술집

늙수그레한 사람을 감싸주는 희미한 햇살, 이제 그
럴 필요가 없다는 생각이 들 때까지 어쨌든 한창때의
나이는 아니니 무엇이든 정성을 다해야겠다는 다짐을
한다. 해가 중천일 때 이근화 시인이 보내준 새 시집을
집어들었다가 아내가 해내온 토마토 스튜로 저녁을 먹
은 후 시집을 마저 읽고선 후다닥 안경을 벗어 던진다.
그만큼 요즘엔 시집 한 권을 한자리에서 통독하는 게
쉽지 않다. 시력, 정신 집중력, 체력이 예전만 못하니
엉덩이 붙이고 있는 게 힘이 들 수밖에 없다. 이제 시
가 좋아 단숨에 시집을 읽었다는 말은 빈말로도 할 수
없다. 이런 이야기를 하면 아내는 말한다. 내가 꼭 당
신 백 살 넘도록 건강하게 살게 해줄 테야.

스탠드 등을 끄고 잠시 머뭇대다 아내를 앞세우고

밤마실을 나간다. 집에서 가장 가장 가까운 거리에 있는 동네 술집은 잠이 안 올 때 가는 곳이다. 제주 온 지 오 년 된 부부가 단둘이 운영하는 단출한 가게이다. 마당에서 나는 귀뚜라미 소리를 들으며 문을 밀치고 들어서자 "오늘은 바지락술찜이 안 되는데……"라고 나를 힐끗 쳐다보며 안주인이 말한다. 내가 반드시 바지락술찜을 시킨다는 것을 알기 때문에 미리 귀띔을 해주는 것이다. 어제 날씨가 궂어 장을 보지 못했다는 것이다.

단층 단독주택 마당에 차린 작은 술집. 테이블은 한 개뿐이고, 주방과 붙은 긴 스탠드에 사람이 대여섯 명 앉을 수 있는 규모이다. 그 때문에 주인 내외와 도란도란 이야기를 나눌 수 있고 따뜻한 수증기와 함께 물이 끓는 소리, 계란 부치는 소리, 그릇 씻는 소리가 손님들의 술자리를 맴돈다. 본래는 심야주점이었는데 지금은 코로나19로 영업시간의 이점(利點)은 없어졌다. 나는 잠 안 오는 밤에 운전을 해줘야 하는 아내를 데리고 이 집을 종종 찾아오곤 했다. 술맛이 있다. 밥이 맛있다, 고 하면 식당에 대한 칭찬이듯 술이 맛있다고 하면 술집에 대한 상찬이다.

음식 맛이 은근해 어떤 반찬에도 손이 가는, 몇 년 전만 해도 마을 주민이 아니고선 모를 정도로 숨은 식당이었다. 지금은 제법 성업중이다. 관광객들은 제주가 반도의 남단이라는 말을 자주 한다. "최남단에 와서 술을 먹는 거다"라는 말을 하며 건배를 한다. 그분들이 남쪽 끝에 다다라 술을 먹는 게 맞지만, 인간은 현실 속에서 언제나 땅끝에 내몰리며 땅끝이라는 장애물과 싸우기 십상이다. 사실 술은 그래서 먹고 그래서 맛도 있는 것이다.

지난겨울 어느 밤엔 아내와 폭설을 뚫고 왔더니 큰 눈이 내리는데 와주어 고맙다고 고급 사케 한잔을 서비스로 주기도 했다. 나는 원하는 안주가 없으면 다른 건 잘 안 시키는 타입이어서 오늘은 생맥주만 기울이고 있자니 흰 머리 희끗희끗하고 말수 적은 바깥양반이 요리하던 손을 뻗어 슬쩍 구운 은행알 몇 개를 내 술잔 옆에 놓아준다. 아내는 환하게 미소 짓고 나는 고개를 끄덕여준다. 말과 이야기가 엉망진창이 될 때가 있지만 말과 이야기가 없는 것보다 낫다. 말이 없어도 이야기에 녹아드는 눈빛이 있고 연두색 불빛, 서늘한

가을밤에, 늦반딧불이가 술집 마당까지 내려와 날아내
리는 것을 볼 수 있다. 만나서 고맙수다.

바닷가에 작업실 구하기

　중산간 마을에서는 자연 바닷가 쪽으로 내려가는 일이 잦다. 우리는 볼일 때문이든 아니든 일단 중산간 마을을 내려가면 바닷물에 손을 찍고 온다. 때론 해맞이해안로를 지나 신산환해장성로까지 한 시간 여를 줄곧 달리다 걷기 좋은 곳에 차를 세우고 산책을 한다. 그러다보니 언제부터인가 우리가 가장 좋아하는 해안도로에 아내의 화실을 구해주고 싶은 마음이 생겼다.

　해안도로를 따라가다보면 종종 해녀들의 탈의실로 쓰이던 낡은 건물을 볼 수 있다. 나는 비교적 집에서 가까운 행원리 해맞이해안로에 정말 특별한 느낌을 주는 빈 해녀탈의실 두 개가 있다는 걸 알고 있었다. 그리고 이 해녀탈의실 중 하나를 얻어 아내의 작업실로 꾸미고 싶은 바람을 가지게 되자, 자주 그 근처 바닷가에 아내를 데리고 가 앉아 있는 일이 늘었다. 아내의 마음은 이미 찰랑거리거나 부서지는 파도를 옆에 둔 옛돌집 건물, 구석구석 오랜 세월의 풍파와 흔적을 안고 어느 날의 큰 파도 자락까지 박힌 해녀탈의실에 들어가 있어 선물을 기다리는 마음으로 들떠 있었다. 나도 그 마음을 견디고 있었다. 아내는 괜찮다면 그 두 곳 중 망망대해에 붙어 있는 것보다 작고 예쁘장한 포구에 앉아 있는 해녀탈의실이 보다 덜 외롭고, 그림 그리기에도 더 맞춤해 보인다고 했다.

어느 날 나는 전화를 걸어 용무를 밝히고 아내와 함께 행원리 어촌계를 찾아갔다. 그리고 어촌계장을 만나 이야기를 나눈 끝에 어촌계 정기회의가 열릴 때 의논해 가부를 알려주겠다는 답을 들었다. 한 달쯤 후 그렇게 수조(水槽)가 딸린 큰 공간 하나와 작은 공간 두 개가 더 있어 쓰임새도 많아 보이는 해녀탈의실을 오 년 계약으로 임대하고, 간단한 리폼 공사를 거쳐 아내의 화실을 만들었다. 그리고 작은 공간 하나는 내가 같이 와서 앉아 있을 수 있게 책상과 책장 하나를 들여놓았다. 제자의 감귤농장에서 안 쓰는 나무 귤상자 백 개를 얻어와 그걸로 바닥에서 천장까지 닿는 책장을 벽

면 하나에 만들고, 남은 걸로 두 개씩 이어붙인 의자와
보관함 등을 만들 수 있었다. 올레길이 지나는 곳이기
도 해 굴상자를 이어붙이고 단단한 목재를 보강한 긴
의자 하나는 잘 대패질해 올레꾼들이 앉을 수 있게 화
실 바깥에 두었다. 그리고 한 지인의 종달리 창고에서
놀고 있는 두껍고 시커먼 철제로 된 옛날식 난로를 얻
어와 연통이 밖으로 비죽 나온 난방시설을 갖추었다.

　귀양 온 광해군 기착지로 알려진, 해안도로에서 바
다 안쪽으로 깊숙이 파고들어간 암반 위 작업실 문 앞
쪽엔 늘 몇 척의 배가 매어져 있고, 뒤쪽으로는 망망대
해다. 거기에다 자연포구를 둥글게 감싸고 있는 방파
제가 이백오십 걸음 정도의 길이로 작업실에서부터 뻗
어나간다. 수평선에 분홍 노을이 걸리는 날, 긴 노을
언저리에서 하루 일과를 맺고, 그 방파제에 나가 오른
손에 모자를 벗어든 채 나는 미동도 없이 서 있어보기
도 한다. 오랫동안 바다를 일터로 삼은 어부들과 해녀
들이 드나들었던 굴곡진 해안은 나에게 생각지 못했던
터전을 빌려주고, 바다 앞에서 도시락을 까먹으며 일
과를 보낸다는 것의 의미를 묻기도 한다.

이 작은 섬 맞은편 해안도로가에 딱새우집이 오픈
중이다. 점심참도 지나 주인 부부도 한가하고 심심하
지 않을까 싶은데, 다리를 건너가기만 하면 제주 딱새
우 구이에 제주막걸리 한 병을 낮술로 먹기에 그만인
시간이다. 하지만 방금 전, 오후 작업을 시작한 아내를
생각하면 아무래도 그건 안 될 것 같다.

10월의 마지막 날

바람이 분다. 중산간 언덕배기에서 바다를 향하고 있는 집이라 노랗게 익은 노지 감귤들이 여울지며 언덕을 따라 바다 가까이 한참을 내려가고, 우리들의 노래야 늘 바람이었다는 듯 날마다 바람 드나드는 걸 훤히 볼 수 있다. 좀 차가운 느낌, 청명한데, 담팔수 빨간 낙엽이 허공을 떠다니는 이런 외출이란 보는 이를 설레게 한다.

이웃 마을 대흘리 한 카페에서 이효리씨가 자선 바자회를 열고 있다. 거기 잠깐 들렀다 오려고 집을 나서는데 우리집 길 건너편 땅 주인인 이 선생에게서 전화가 온다. 몇 사람이 말고기 추렴을 했으니 먹으러 오라는 것이다. 잠시 다녀올 데가 있다 하고서 바자회 장소로 가는데 비눗방울 같은 바람이 살살 따라붙는다.

그때도 이 무렵이었는지 모르겠다. 운동을 하든 뭘 하든 몸을 부지런히 움직여줘야 하겠기에 집에서 가깝고 한적한 데 있는 요가원을 검색해 찾아갔더니 바로 이효리씨가 직접 하는 곳이었다. 거문오름 근처 간판 하나 붙어 있지 않은 매우 심플하면서 운치 있는 공간이었다. 등록을 할 때 나는 속으로 "이효리씨 닮은 분이네"라고 생각했다. 그런데 아내가 첫 수업을 마치고 한 수강생에게 "혹시 저분 이효리씨?"라고 물었더니 맞다고 해서 깜짝 놀랐다. 우리 부부는 얼결에 이효리씨 요가 제자가 된 셈이었다. 민얼굴 그대로의 표정과 몸짓이 가까이 다가온다기보다 좀 물러서서 한가락 미소를 띠는 듯한 선생의 요가 수업이었다.

오랜만에 보니까 반가웠다. 언제나처럼 민낯에 자연스러운 미감을 감싼, 그때 그 모습인데, 아쉽게 말고기를 먹으러 가야 하다니. 이효리씨 곁에 아내를 두고 내려오니 조천 바다는 찬놀하늘이 되어 있다.

이효리씨는 어떻게 제주에 와 살게 됐을까. 어디서든 잠깐씩 살다 가는 나는 어떻게 제주에 와 멈췄을까.

아마도 우리는 무슨 바람에 의지해 왔을 것이다. 제주 해안의 자생식물들은 대부분 바람을 타고 왔다. 문주란, 선인장, 해녀콩 등도 나처럼 바람에 실려 처음 제주도에 온 존재물들이다. 그리고 세상에 와 우리는 모두 바람처럼 사는 거 같으니 나도 바람으로만 국한시켜 살다 가보기로 한다.

나는 이 선생 댁으로 갔다. 부락 가운데 있는 이 선생의 집은 마당이 넓직하고 훤하다. 예전에 보리나 조를 타작하거나 널고, 마소의 꼴을 장만하는 일들이 모두 이 마당에서 이루어졌다. 그때의 이웃이고 친구인 몇이 마당에 둘러앉았는데, 우영팟에서 뜯어온 채소들이 상 위에 올라 있고, 말고기 굽는 냄새가 대기에 은근하다. 나는 평상에 엉덩이를 걸치고 앉아 생고기를 몇 점 먹은 뒤 구워서 나오는 것을 한 접시 받아들고 다섯 명 중 아는 이가 한 사람뿐이어서 좀 멀쭉멀쭉하게 마당을 내려다본다.

이 집은 흙질을 해서 만든 옛 제주식 마당을 꽤나 잘 유지하고 있다. 이런 마당에 비가 내리면 군데군데 물이 고여 물거품이 뜬다. 그걸 제주말로 '중'이라 하는

데, 마당에 빗방울로 생긴 동그란 중이 얼마간 둥둥 떠다니다가 폭, 소리를 내며 사라지곤 하는 모양을 지켜보던 일이 예쁜 추억이라고 한다. 10월의 마지막 날, 돌담 밖으로 바람이 돌고 부부 자식은 안거리에 주인은 밖거리에서 묵는 집이 어느새 어스레해진다.

얼굴이 아프다

농장은 소나무 방풍림에 싸여 있다. 눈에 익은 곳이라 모노레일이 지나던 지하터널을 걸어나가 반대편 굴밭으로 올라가자 흰 벽에 환하게 창을 낸 카페가 눈에 띈다. 감귤나무 가지들에 휘어지도록 감귤이 달린, 밭담을 두른 굴밭 가운데 카페 '굴곳간'은 있다. 한쪽으로 달아낸 공간은 유리창 대신 비닐 창을 둘렀고 지붕 또한 비닐을 덮은 다음 그 밑에 어긋나게 두 장의 그늘막 미색 천을 펼쳐놓았다. 제법 굴밭과 어울리는 자신만의 공간이 된 것 같다. 굴밭과 굴밭 주변에 있는 것, 혹은 굴밭에 있는 자의 내부에서 끌어올려진 것들이 모두 한데 어울려 과원을 이룬다.

이 농장 안주인이 내게 시를 배운 제자이고, 공간이 꽤 달라졌다고 해서 구경을 왔다. 여기 있는 곤충전시

관, 동물원, 카페, 모노레일, 생태관 같은 시설물들의
지어진 순서를 알지는 못한다. 그러나 매우 오래된 감
귤농장이라는 것과 주인 부부는 자신들의 손바닥처럼
갈라진 길을 매일 운명으로 따랐을 것이라는 건 주변
을 둘러보면 금세 알게 된다.

귤을 한 바구니 따 담고 소리쳐 누군가를 부르는 여
인이나 폰카를 들고 귤밭 사이 빈 공간을 찾아다니는
젊은 연인들은 사진 찍을 만한 곳을 찾아서 거의 본능
적으로 움직인다. 감귤식초차와 빵 하나를 시켜놓고
그걸 보고 있자니 농장 안주인이 예의 포근한 웃음기
와 머리를 뒤로 질끈 묶은 모습으로 앞에 나타난다. 피
곤한 기색이지만 평온한 시선으로 득별히 나와 아내를
맞이해준다.

5월에 카라향을 따러 왔었는데, 지금은 노지귤 철
이다. 그녀의 말을 들으니 이제 생산, 가공, 서비스까
지 온오프를 가리지 않고 자체 판매를 하지 않으면 안
되는 게 감귤 장사의 현주소라고 한다. 농사일의 어려
움은 '옛날'과 '최근'의 구분이 잘 안 돼 어떤 일이 몇
십 년 전을 가리키는지 며칠 전의 이야기인지 헷갈릴

정도라고 고개를 흔든다. 아내를 쳐다보며 제자는 말한다. 얼굴이 아프다고. 일 년 내내 햇빛에 얼굴이 타는 농장 일을 하며 비린 피처럼 흘러간 시간들과 빠져나가고 남은 체중, 아직 태어나지 않은 감귤들, 이것이 바로 그녀의 자산일 것이다.

아열대 식물이라는 희소가치와 머나먼 고도에서 나는 과일이라는 귤의 비일상적인 아우라 때문에 귤은 오랫동안 중앙권력에 의해 가혹한 착취의 대상이 되었다. 그 먹이사슬의 밑바닥엔 힘없는 백성이 있었고, 이 같은 현실은 조선시대까지 이어지며 근 천년 이상 제주도민을 괴롭혔다. 세도가들의 욕망을 부추기던 이 진귀한 과일은 이제 종다양성과 최고의 품질을 확보해야 한다는 재배가들의 집념에 의해 현대인의 식탁을 또 새롭게 찾아가겠지.

나는 이 농장의 식초를 좋아하고 식초 발효실의 눈을 뜰 수 없을 만큼 시큼한 냄새를 좋아한다. 그것은 그럴싸하게 시간을 버티는 일이기 때문이다. 아내와 나는 그 냄새를 뒤로한 채, 늦은 오후 귤밭 한쪽에 바람과 비에 손상되고 까마귀나 참새에 쪼아 먹힌 못생

긴 감귤 몇 개를 바라보며 과원을 나선다.

서귀포극장에서 쓰는 편지

빗줄기가 설핏하게 지난 후 이중섭거리를 오릅니다. 오른쪽으로 솔동산 언덕배기에 올라붙은 낡은 건물이 어수룩한 모양새로 눈에 들어옵니다. 옛 이름은 서귀포관광극장이지요. 외관만을 보고 여행자들은 옛날 극장이네! 하는 단순한 생각으로 들어섰다가 깜짝 놀라곤 합니다. 건물 홀에 발을 들이자마자 바로 뻥 뚫린 하늘과 눈이 마주치기 때문이지요. 그들은 천장이 없는 줄 짐작지 못하고 들어섰다가 파란 하늘과 객석이 없는 계단과 담쟁이덩굴에 덮인 텅 빈 벽면 앞에서 비현실적인 공간의 아찔함을 맞이할 수 있습니다.

화재시 내부가 소실되고 후에 태풍으로 함석지붕이 날아간 이 노천극장은 저에게는 사뭇 궁전과 같은 곳입니다. 극장 계단 가운데쯤 앉아 여기서 당신에게 편지를 쓰는 이유도 편지를 쓴다는 외로움이 가장 푸르러지는 곳이기 때문이지요. 종종 와서 책을 읽거나 서울 사무실에 보낼 교정쇄를 보고 디자인 시안들을 궁리하는 저의 비밀스러운 공간인 이곳에선 어떤 경우에도 제 주위에 새소리 말고는 다른 소리 내는 것을 두지 않고 지낼 수 있습니다. 어떻게 눈대중으로 높이 십 미터가 넘는 눈앞의 벽면을 이렇게도 안온히 마주할 수 있으며, 담쟁이덩굴은 우측 벽면에서 계속 벋어 스크린이 있던 중앙 무대 앞을 지나 좌측 흘림체로 왼쪽 벽면을 곱게 따라갈 수 있을까요. 시간이라는 요정이 이 벽과 저 벽을 오가며 호시탐탐 이파리를 물들이는 거라고 생각해봅니다.

지금 당신은 나보다 먼저 호치민에 가 있고, 나는 인위적으로 만들어진 공간이지만 세월에 의해 자연적으로 재구성된 서귀포극장에 앉아 당신을 떠올립니다. 우리가 며칠이라도 떨어져 지내는 게 처음인 듯한데, 당신이 호치민에서 보내준 사진은 어느 거리 카페 테라스 테이블에 앉아 두 손으로 눈을 가리고 웃고 있습니다. 분명히 당신이 갔을 만하다고 여겨지는 곳에 당신은 있으며 거기서 나를 유혹하고 있는 거지요. 우리를 초청해준 최보슬 시인이 종일 멋진 차에 태우고 시내와 근교 구경을 시켜준다니 나 없는 세상이 얼마나 멋진 고동이며, 마음의 솔기가 또 왜 그리 외롭게 주름 지는지도 알 수 있을 테지요. 갑자기 물이 샌 우리집 이층 방수공사는 이제 끝났으니 내일이면 당신 있는 곳에 나도 가 있을 텐데 불쑥 두려움 같은 게 이는 이유는 무엇일까 따져나봅니다. 이렇게 떨어져 있을 때 좋든 싫든 막대기로 받쳐둔 듯한 가슴 한쪽이 흔들리는 일을 쌩뚱맞다고 할 수는 없을 테니까요.

통로 바닥 군데군데 팬 공간에 빗물과 이끼가 서로 물리고 섞인 채 있으며, 쓸모없어도 아무렇지 않다는 듯 그냥 있습니다. 가끔은 절대적으로 쓸모없고 그 무엇으로도 사용되지 않는 시간을 당신과 나누고 싶어하는 내 마음을 당신은 짐작할 수 있으며 나아가 내가 아무 쓸모 없는 사람이 되어도 좋다, 고 말한다면 그 말 뜻 또한 당신은 곧장 이해할 수 있을 테고요. 곁여와 잉여 속에 살았던 세월은 흘러 많은 일이 다시 되돌릴 수 없는 일이 되었습니다.

고적한 공간 안으로 해가 들었다 나갔다 하는 모습

과 담쟁이덩굴 잎이 부스럭거리는 소리, 이어서 고인
물빛이 무엇엔가에 의해 보글거리는 걸 봅니다. 내가
곧 뒤따라갈 텐데 내가 도착하면 어디서 길을 물었으
며 한 묶음의 꽃을 누구에게 주었고 예쁜 그릇을 어느
가게에서 찾았는지 하나하나 들려주기를.

고양이 제주살이

어느 날 루코가 아루를 낳았다. 루코는 얼굴 표정이 늘 '벼르고' 있는 듯 보여 아내가 붙여준 이름이고, 아루는 아기 루코라는 의미로 붙여준 이름이다. 루코는 몇 살인지 확실하지 않다. 동네 고양이였다가 우리집 담을 에둘러 몇 번 넘어오더니 정원에 영역 표시를 하고는 눌러앉았다.

칠 개월 전쯤이다. 집 뒤쪽에 창고가 있고, 거기에 쓰다 남은 귤상자들, 연장들, 수집한 고재(古材)들을 넣어둔 공간이 여럿 있다. 어느 날 톱을 가지러 보리사초가 핀 뒤안길을 돌아가자 루코가 와 있고, 무언가 자꾸 암시를 주는 게 행동에서 읽혀졌다. 뭔가 싶어 귤상자 안쪽을 넘겨다보니 작은 바스락거림이 있고 뒤쪽에 갓난 아기 고양이 한 마리가 있었다.

길고양이가 우리집에 새끼를 낳아놨으니 옛날에 옛날에 아버지 친구 집에 까대기 방을 만들어붙이고 나를 낳았다는 내 어머니 이야기가 떠올랐다. 우리 입장이 어쨌든 개나 고양이를 키워본 적 없는 우리집은 비상이 걸리고 곧바로 서울에 있는 황인숙 시인에게 전화를 해 사정을 얘기했다. 그러고서 사료를 사러 가고, 고양이 집을 구하러 우리는 부지런히 움직였다.

어느 날 루코가 아루를 귤상자 뒤에서 불러내 앞마당으로 데리고 와 우리에게 선을 보였다. 그래서 뒤뜰에서 현관 앞쪽으로 집을 옮겨주었지만, 따지고 보면 순전히 본인들의 의사에 의한 것이나. 루코는 암전한 고양이지만, 아기 고양이 아루는 성마르기 이를 데 없어 날 듯이 돌아다니고 마당을 질주하는 건 예사다. 나무에 물을 주고 있으면 그 나무를 타고 이 미터 높이 우듬지까지 올라가 자기를 봐주라고 신호를 보낸다. 친한 척하라는 것이다. 적적한 가문에 재담꾼이 났다.

어느 날 루코는 영역을 자식에게 넘겨주고 집을 나갔다. 그렇지만 아주 간 건 아니고, 사나흘에 한 번꼴

로 와서 얼굴을 비비거나 그루밍을 해주고 간다. 가면
서는 자기도 꼭 얻어먹고 간다. 당연하다는 듯이. 아내
가 주문한 특식 캔과 사료가 현관 앞에 도착해 있는 것
까지 살피고 가는 표정이다.

　한동안 안 보이더니 어느 날 밤 정원 등빛 아래 루코
가 나타나, 뜻밖에 폭포 바위 속으로 들어가는 걸 아내
가 보고 놀라서 내게 알렸다. 그 바위는 물이 연못으로
떨어지도록 물관을 올려놓은 맨 꼭대기에 위치한 바위
이며, 높이 1.8미터 정도의 구멍이 파인 바위인데 물관
이 지나갈 뿐이기에 그 구멍 속으론 물이 한 방울도 들
어갈 일이 없다. 루코는 그걸 알고 있었던 것이다. 그
깊은 구멍에 플래시 불빛을 들이대니 그새 아기를 낳은
루코의 놀라는 모습이 눈에 떠었다. 세상에! 직각으로
벽을 타듯이 오르고 내려야 하는 돌구덩이에 새끼를 낳
고 먹이를 먹이러 몰래 드나들 생각을 하다니. 또 그 새
끼는 어떻게 물어올릴 것인가. 곧 우리에게 인사를 시
켜야 할 시간이 오고야 말 텐데. 사는 일이 이렇다.

월정리 해변에서

종종 저녁 무렵엔 집 근처 조천 바다에 나가 노을을 보지만, 잠이 일찍 깬 미명이면 월정리 해변 모래사장을 걷는 게 가장 그럴듯하다. 오늘은 점심 약속이 있어 미리 월정리에 와 넓은 먹장구름을 이고 있는 바다를 본다.

바다다. 바다는 내가 알고 있는 모든 종교의 가장 너른 제단이다. 나는 그래서 바닷가에 오두막을 세우고 또 허물곤 했을까. 비어 있는 곳을 찾아다니고 도리 없이 길이 끊긴 곳을 찾아가 살던 젊은 날의 나는 늘 짐짝 내리는 소리를 내며 끙끙거린 것이다. 부안, 고창, 우도, 강진, 강릉, 고흥 등지에서 내가 울지 못하고 우는 시늉만 하는 것도 어디론가 가지 못하고 가는 시늉만 하는 것도 바다는 다 알고 있었으며 보고 있었으리.

심지어 뉴질랜드나 캐나다에서도 바닷가 마을에 살았고 틈이 나면 자주 물 옆을 따라 내려갔다 멀리서 돌아오곤 했다. 많은 입구가 모인 바다의 초입을 더욱 좋아했고, 모든 길이 드나드는 항구를 보고 싶어했다. 오, 성전을 차리는 바다의 일몰 앞에서 묵독이 모든 것인 저녁을 사랑했다. 육지의 모든 강이 저마다의 삶을 지고 흘러들어와 모이는 곳에서 나의 영혼은 깨복쟁이 소년이 되었다 물고기의 뼈대만 싣고 한밤중에 돌아오는 지친 노인이 되기도 했다는 것.

아, 누가 오고 있다. 병이 깊어져서. 진통중에 바닷가의 얕은 물속을 거닐며.

그럴 수만 있다면 지치고 상한 그에게 물 한 그릇이라도 주고 메마른 허무감으로 늙어가는 사람에게 파도 소리라도 되어주고 싶지만 우리는 생각대로 살지 못하며, 사랑하는 사람이 되지 못하고 사랑을 말하는 사람이 되어 살기 쉬우니, 무엇인가 좀 도움이 되고 싶다는 마음은 오늘 한 바닷가에서 정처가 없다.

겨울 숲

숲에 든다. 말 목장을 끼고 있는 소나무 숲 사이로 햇살이 부드러운데, 숲길은 내 마음의 군더더기들을 나뭇가지 위에 차례로 받아 걸며 앞장을 서거나 나를 앞장세운다. 숲이란 말처럼 공동체의 정의를 생각하게 하는 단어도 없으리라. 숲에선 대개 모든 생명체가 절로 나고, 저마다의 존재감으로 살며, 숲속과 숲 밖이 다 어우러져 숲이다. 그리고 숲속에서 길러지는 온갖 생명들, 그것들의 왕성함 없이는 숲은 또 미완성이다. 굵은 소나무들 사이에 잎이 지거나 상록으로 엉겨 있는 자잘한 나무들과 덩굴들은 서로의 발등에 발 뻗어보고 부딪치고 비켜주는 계통과 순서 속에 세상에 허투루 온 생명이란 하나도 없음을 깨닫게도 해준다. 수풀 속에 육질이 거의 메말라버린 빨간 청미래덩굴 열매가 덩굴에 매달린 채로 겨울을 넘어가는 중이고, 인동덩굴은 푸른 잎들을 그대로 단 채 참나무 고목을 왼쪽으로 감고 올라가고 있다. 거기엔 서두름도 지름길도 있을 수가 없다.

　겨울 숲의 차분한 생명감 속으로 뒷짐을 지고 걸어들어간다. 모양새와 기울기와 빛깔, 그리고 맛과 냄새가 다른 나무들을 차례로 지나간다. 어떤 쓸쓸한 나무에 대해서 지나가는 새가 몇 마디 들려주면 아내는 발걸음을 멈추고 듣는다. "나무 안에 사람이 있는 것 같아요. 새와 이야기를 나누는." 나는 아내가 가리키는 회화나무 이파리 위에 손톱만하게 고인 물을 바라본다. 한두 가지 정도의 미생물이 번식할 수 있을 만큼의 양인데, 뭔가 있다. 그 물에 새가 배설물을 남기거나 잎 부스러기가 떨어져 녹아 있는 것이리라. 인간은 잘 알아차리지도 못하는, 그렇게 작은 공동사회를 이룬 숲의 한켠에 짧은 겨울 오후 인간의 마음자리는 얹힌다. 옅은 날갯짓 소리가 나고 사소하고 매혹적인 팔랑거림들이 인기척을 알아채고 있다. 까치가 발 옮기는 소리가 있고, 나무 등껍질을 딛고 홀연 공중에서 내려오는 가랑잎 소리가 있다. 소리들은 보이는 곳에서도 오고, 보이지 않는 곳에서도 와서, 들리는 소리들과

들은 듯도 한 소리까지 바르르 살을 떨다 어디론가 빠져나간다.

　앞서갔던 아내는 참나무 밑에서 기다리고 있다. 소나무 숲을 지나면 동백나무 숲이다. 동백나무 숲을 지나면 마을 초입이다. 마을 초입엔 당산나무가 서 있다. 당산나무는 그 한 그루로서 마을의 숲이다. 그와 같이 한 그루 나무로서 누군가는 세상의 숲이 되기도 했다. 나는 한쪽 다리로만 서 있는 불면 날아가버릴 것 같은 나의 지각에 절망해 때로 나무에 기대는 듯 했다. 실상은 더 나빴다.

그날처럼 쪽달이 뜰 때 그는 어디 있을까

쪽달이 뜨면 생각나는 사람이 있다. 인연이 깊었던 사이는 아니지만, 능선이 설핏 지나가는 그의 눈동자를 잊을 수 없을 만큼은 본 것 같다. 1990년 초반 김영갑은 내가 아는 서울의 몇몇 문인들과 교류를 하고 지냈다. 내가 그를 만난 것도 댕기머리를 한 그를 좇아 제주 중산간 들녘을 터덜거리며 다닌 것도 그 무렵이다. 굳이 그럴 필요 없다 해도 검정색 르망 레이서를 몰고 공항으로 나를 데리러 나오곤 했다. 공항을 벗어나면 그는 용두암 근처의 지인이 하는 가리온이라는 카페에 들러 함께 차를 마셨다.

그 시절 제주에서 그가 나를 데리고 간 곳 중 가장 좋았던 곳들이 있다. 그가 '육지 것'으로 제주에 드나들다 힘들면 엎어질 수 있는 곳이었다는 용눈이오름도 그중 하나이다. 굼부리 어느 곡선 안에 핀 개민들레 꽃을 오래 지켜보던 모습이 떠오른다. 그리고 중산간 어느 들판에서 곧장 올라타는 곶자왈이 있었다. 오름 이나 곶자왈은 내 빈약한 경험과 지식이 알 수 없는 외경(畏敬)이어서 며칠 여기저기를 같이 헤매다니다 어느 날 문득 내가 부탁을 했다. 한눈에 오름들이 가장 잘 들어오는 곳에 나를 데려다달라고. 그러자 그는 말없이 차를 몰고 길이 없는 꽤 광활한 들녘에 나를 내려주었다. 지금 생각해보면 스무 개 가까운 오름이 있다는 구좌읍 송당리 어디쯤이었을 것이다. 감물 들이는 겨울 오름은 울긋불긋한 구름 밑으로 석양빛이 떨어질 때 참 예뻤고, 오름은 또다른 오름이 되어 건너가고 서로 겹치어 모여서 마치 고통의 시간이 막 열리거나 닫히는 때를 알리는 사랑의 풍경처럼 다가오는 그런 것이었다.

그러나 지금 구좌읍과 송당리 주변을 아내와 수없이 지나다니며 살고 있지만 그때 김영갑이 데리고 갔던 지점을 찾지 못했다. 아마도 그때 그는 자신의 눈에만 있는 좌표 위에 나를 잠시 머물게 해주었는지 모른다. 쪽달이 뜰 때까지 우리는 오름 주위를 걸었다. 오름들이 넘실거리는 중산간 들녘의 생명력은 충일하되 마음을 시리게 하고, 오름의 진경은 눈에 보이지만 속 내는 알 수 없었다. 그는 말했다. 제주 본디의 풍경이라는 측면에서 이제 정말 얼마 안 남은 제주의 한 컷이라고, 앞으로는 볼 수 없는 모습을 보고 있다고 했다.

그러고서 한밤중에 잔뜩 취해서 간 곳은 그의 집이었다. 어렴풋한 기억이 맞다면 그는 어느 중산간 지역 낮은 촌집에 살았는데 그 집이었는지 집 앞에 따로 서 있는 집이었는지 알 수 없는 비닐하우스가 한 채 신비롭게 서 있는 것이었다. 거기서 그는 쌓아둔 인화지와 필름들을 보여주었다. 삶의 밑바닥에서 올라오는 냉기를 모두고 보듬어가며, 눈보라가 들녘으로 몰려가고 몰려가도 꿈쩍 않은 채 눈도 바람도 곧 지난다는 양 묵묵히 필름을 쌓아가는 거였다. 얼음을 탈탈 털며 비닐하우스 안으로 들어가던 댕기머리!

그는 기다리고 기다리면 제주의 자연이 '사람의 것'이 된다고 했다. 가끔 표선 앞바다까지 드라이브를 나가 해안도로를 달리다 멎으면 수평선을 바라보다 뒤돌아선다. 보이진 않지만 그쪽에 김영갑 갤러리 두모악이 있다.

2부

인희씨 입에서 나오는
'여보'라는 말이 참 예쁘네요

새해의 산문

아침 일찍 애월까지 가야 할 약속이 있어 눈을 뜨자
마자 씻고 집을 나섰다. 어제 내린 눈이 얼어붙어 차를
가지고 언덕을 내려갈 수 없는 상황이었다. 다행히 집
에서 백 미터만 나가면 정류장이 있어 버스를 타고 갈
요량으로 외투 옷깃을 잡아매고 털모자를 눌러쓴 채
도롯가로 나가사 바나는 밀리 물러나 있는 미색으로
다가왔다. 버스는 제시간에 오지 않았다.

그때 이웃 빌라에 세 사는 삼십대 초반의 여인이 작
은 카트에 무언가를 싣고 나타났다. 그러고는 귤밭을
갈아엎은 채 놀리고 있는 건너편 빈 땅 안으로 들어갔
다. 마치 공사장이나 고물상처럼 큰 가림막이 쳐 있고
그 안엔 헌 기계 부품들이 널려 있으며 컨테이너까지
있어 미관상 이웃들의 불평을 사는 바로 그 땅이다. 여

인은 허리를 숙이고 카트 위의 비닐봉지에서 내용물을 꺼내기 시작했다. 뒤에서 보니 마치 누빈 외투를 열고 품안에서 무언가를 꺼내어 정성스레 내려놓는 모양새이다. 마을 헤어숍에서 일하는 여인으로 딴엔 외롭고 힘들어 보이지만, 주위 사람들은 별로 좋아하지 않는다. 그 집에 가끔 지인들이 놀러오면 밤새 마시고 떠들어 작은 동네가 소란을 겪기 때문이다. 여인과 내가 얼굴을 제대로 마주친 건 한 번뿐이다. 어느 날 현관문을 밀고 나가니 여인이 허락도 구하지 않고 마당 안으로 들어와 화단을 구경하고 심지어 뒤뜰까지 둘러보고 나가는 참이었다. 나는 아무 말도 하지 않았지만, 좋은 느낌은 아니었다.

여인이 모습을 드러낸 지 오 분도 안 돼 열댓 마리 길고양이들이 하나둘씩 모여들었다. 여인은 쇼핑백에서 꺼낸 플라스틱 그릇들을 하얀 눈밭 위에 하나씩 올려놓고 검은 비닐봉지에 든 사료를 차례로 조심스레 놓아주었다. 그런데 지켜보니 수십 개의 그릇이 쇼핑백에서 나오는데, 고양이 한 마리에 두 개씩의 그릇을 주어 사료와 물을 따로 주고, 더욱이 보온통에서 더운 물을 따라 일일이 찬물과 섞어서 주는 것이었다. 마치

지휘자처럼 머뭇거림도 없이 몰입해 고양이들을 나누고 한쪽으로 몰며 자기 할 일을 해낸다. 여인은 그중 약해 보이는 고양이 몇 마리를 컨테이너 옆으로 따로 불러 밥을 주고, 고양이빗을 꺼내 털이 곤두선 고양이들의 털을 빗겨주었다. 그 모습을 보니 마치 상처받은 사람들이 한 지붕 아래 둘러 모여 있는 세상을 보는 거 같고 글쎄, 그 주변은 피난처가 되는 신의 정령이 움직이는 듯한 기색이었으며 밤새 삭풍이 지나간 이 추운 아침에도 누군가는 있는 그대로의 생명을 사랑하고 자신이 좋아하는 모습으로 살아갈 수 있는 세상을 확고하게 꿈꾸는 것이라는 생각이 들었다.

그러는 사이 아침 눈발이 슬금슬금 흘러내리기 시작했다. 하지만 버스는……

아가, 봄이 왔다

어디선가 종소리가 울린다. 내 경험으로 종소리는 오래된 순서대로 아름답다. 가장 오래된 종소리를 듣고 싶은 시간, 가로등과 민가 불빛 속에 세 갈래 골목이 걸어가고 두 갈래 골목이 바다 옆으로 누운 동네 산책을 한다. 나는 아내와 함께이고, 고색을 띤 카페 출입문과 창문 사이로 젊은 커플들이 보인다. 폭 삼사 미터 그쯤 되는 공간 안에 외투 한 자락을 잡아끌며 말을 가로막는 만남과 이별이 여러 모습으로 앉아 있는지 모른다. 밧줄을 당기는 달에 끌리며 골목 등빛을 따라가면 제주 흑돼지 다리로 만든 하몽 파는 술집이 나온다. 그 앞을 외투깃이 말린 여자가 지나간다. 만사가 잘못 되어가는 것 같은 표정이다. 이제 생각도 안 나는 봄이라는 듯 마른 억새가 뜨락을 이룬 폐가의 담장을 따라 그대로 신촌리 바닷가까지 가면 방파제 앞에 달

팽이처럼 머리를 내밀고 보안등 빛은 내려앉는다. 근처 촌집 주점의 협소한 우주에서 환호성을 울리는 사람들이 있고 볼륨이 싸악 내려가듯 일순, 반달이 구름 속으로 들어간다. 그럴 때 짧은 선과 명암이 뒤섞인 한산한 하늘 귀퉁이에 골목 하나가 비행기의 궤적을 그린다.

요즘엔 골목에도 죄다 이름이 붙어 있지만, 골목의 이름은 골목일 뿐이던 옛날의 골목이 진짜 골목이었을까. 사랑의 언어가 찾아낸 골목을 제외한 다른 골목들이 망각이라는 골목일 수도 있을 텐데. 이 세상에서 완전히 사라지는 것도 없고, 같은 하늘 아래 있어준 육체적인 아픔과 정신적인 괴로움이 서로를 몰라볼 턱도 없겠지.

임대 물건으로 내놓은 건물에서 남자가 나와 크고 흰 개를 데리고 팔자걸음을 하며 어둠 저편으로 사라진다. 라테 향이 공기 중에 배는 듯한데, 낚싯배 한 척이 다가온다. 배가 끊겨져 우도에서 낚싯배를 불러 타고 나온 사람이 그 안에서 내린다. 하필 이럴 때, 물결이 방파제 아랫도리를 때리고 위로 넘어오면 시간의 난간을 넘어가지 못한 침침한 불빛 같은 사람 하나가 철썩, 하고 떨어져내리는 것이다. 내게서 마른 건초 냄새가 난다고 했던 스승은 참으로 신선하고 봄처럼 약한 모습으로 잉크병 뚜껑을 돌리는 적막한 눈빛으로 떠났다. 가난한 인생의 그림자 앞에서 세상은 끝까지 조용했으며, 나는 아름다운 사람이 두려웠다. 마음에서 떠나지 않는 사람은 붙잡을 수도 없는 사람이다.

다시 바다의 물결은 출렁인다. 더이상은 달빛의 꼬리를 밟고 들어오는 배가 없을 듯하다. 오늘 이 시간 외에는 아무도 만들 수 없는 절망감이 바다 주위 한적한 대기 속에서 빛난다. 나는 입을 굳게 다문다. 아내의 손가락을 깍지 낀 채.

조천리로 가는 골목이 마주치는 십자로 한쪽 카페 유리문에서 케테 콜비츠의 포스터를 만난다. 안덕면에 있는 포도뮤지엄에서 지금 그녀의 전시회가 열리고 있다. 사회적 약자를 위해 그림을 그렸던 그녀의 전시 제목은 "아가, 봄이 왔다"다. 봄이라는 단어 하나가 나의 미로를 다음 미로로 연결한다. 아내가 졸라대는 것 같다. 봄이 오는 골목을 빨리 알아봐달라고.

예술가

어제는 강요배 선생과 대낮부터 술을 했다. 그 시간
은 살아온 만큼의 정적의 무엇이 줄을 당기며 알지 못
할 강을 건너는, 마치 줄나룻배에 탄 듯 참 부드러웠으
며 귀덕화사라 이름 붙여진 작업실은 개천가에 넓게
자리하고, 모처럼 날도 포근해 마당에 빨래나 그릇을
말리기에도 낮술하기에도 좋은 날이라고 나부는 나무
들 사이 수선화 꽃이든 속삭이는 것이었다. 우리는 누
런 장판지 위에 앉아 창밖을 보며 바람이 잠깐씩 이는
세상의 한켠에 있었고, 쇠물닭 한 마리가 물위를 살살
헤엄쳐나아가듯 시간이 지나가는 것을 보고 있었다.

강 선생은 막걸리를 삼십 년 먹은 사람이라 막걸리
다룰 줄을 안다며 제주막걸리를 두 병씩 부어 노란 양
은주전자에 채웠다. 대구미술관 이인성미술상 수상자

전시회가 며칠 전에 끝난 참이라 축하의 말을 더할 때 낮달이 예뻤고, 그림만 하면 그림이 가늘어진다고, 이 것저것 하며 어쩌다보니 그림을 그리게 됐다고, 말은 그렇게 하며 열심히 그림을 그리는 것인데, 이번에 대구를 발칵 뒤집어놓고 왔다며 구부정한 외로움이 환하고 맑게 큰 웃음을 지었다. 회색으로 내려앉은 천변의 도드라진 곳과 오목한 곳에서 반사되는 빛이 다가오는 시늉만 하지 미동이 없더니 어느 순간 산야가 다색으로 변하며 금세 창문 가득 어둠이 밀려왔다.

있는 막걸리가 동이 나고 함께 온 아내가 두 번이나 술을 사러 편의점에 다녀올 때야 강 화백의 부인이 눈치를 채고 작업실에 오셨다. 오늘 무슨 일 났냐며. 그 땐 이미 서로 취해 기억이 가물가물할 때인데, 강 화백이 내 아내를 위해 한 곡 부르겠다며 무슨 노래인가를 불렀다. 나는 강 선생 당신의 아내를 위해 노래를 부르라고 말했다. 술이 어디 다른 곳으로 들어가겠나. 두 여인이 잔뜩 취해 노는 우리 모습에 우스워서 서로 웃고 손뼉을 치기도 하며 어쩔 줄 몰라 하던 기억까지는 난다. 내가 한 말인지 강 화백이 한 말인지 시는 시인이 고립되는 것을 막아주고 그림은 화가를 고립으로부터 지켜준다는 말이 있었고, 정치와 자본의 거짓과 강요로 얼룩진 세상에서 자식같이 작품을 길러나가야 한다는 좀 문장이 되는 말도 돌았다. 그리고 예술가란 제 마음의 종을 칠 수 있어야 하며 단번에 사람의 마음을 빼앗는 작품을 해야 한다는 말을 나는 들은 것 같다. 그리고 어느 순간 우리의 취중 잡담 속에서 나는 집념과 죽음의 밀접함에 대해 생각이 닿았던 것 같다. 우리가 이렇게까지 작업을 해야 한다면 일찌감치 죽을 수밖에 없겠구나 싶은.

선물로 받은 대구미술관 전시 도록을 취한 눈으로 뒤적이며 귀가하는 나의 밤길은 자꾸만 옆으로 기울었다. 아내는 운전 때문에 상 선생과 술을 한잔밖에 못 나누었다고 아쉬워했지만, 두 양반 노는 게 그렇게 재미있을 수가 없고, 참 진풍경이었다고……

벌써 1월의 반이 지났다. 새해란 또 한 번의 기회가 온다는 뜻이며, 마르케스의 말을 변용해서 이야기한다면 어떠한 잘못이나 불행도 두번째 기회를 가질 수 있다는 것인데. 여보, 오늘은 '여기에' 산다는 '현실'이 내 삶에 흥이 되지 않을 것 같은 날.

연인이란 음식을 서로 나누는 사이라고 했다

　육지에서 손님이 오면 회 아니면 흑돼지를 먹으러
가자는 사람이 대부분이다. 그런데 오해가 있다. 그들
은 제주에 사는 내가 늘 회나 흑돼지를 먹고 사는 줄
안다. 나는 회를 그렇게 좋아하지 않으며, 대신 소라나
해삼, 멍게를 먹는다. 흑돼지는 흑돼지 살코기보다 껍
데기를 먹고 싶어 껍데기를 서비스로 주는 흑돼지 집
에 가거나, 흑돼지 뒷다리로 만든 하몽을 술안주로 즐
기는 정도이다. 아니, 그럼 제주에서 뭘 먹고 살아?

　나는 항상 내가 먹는 것을 먹는다. 생존과 연관된 것
인데 어찌 먹는 것을 소홀히 하겠는가. 아침은 생식이
다. 삼십 년 동안 내 아침 밥상은 생식 한 봉지이고, 그
게 전부이다. 자연과 가까운 음식이랄 수 있는데, 나는
식재료 수십 가지가 한데 들어 있는 생식 제품을 하루

한 컵 두유에 타 먹어왔다. 아내도 나를 따라 그렇게 한다. 그렇다고 내가 채식주의 섭식에 집착하는 것은 아니다. 햄버거 먹을 바엔 막걸리 마시는 게 낫다고 여기는 것은 순전히 내 식생활 취향일 뿐이다.

점심은 대개 아내가 차려주는 것을 먹는다. 아내는 간편 요리의 대가이다. 종일 그림 작업에 매달려야 하는 사람이라 몸에 좋은 것을 간편하게 차릴 수 있는 일종의 우리집 패스트푸드를 늘 생각해낸다. 말하자면 빨리 먹을 수 있되 건강한 음식으로 승부를 본다는 태도인데, 그런 점에선 나와 닮아 있다. 가령 음식으로 먹을 수 있는 뿌리, 잎, 줄기, 열매까지 통째로 들어가는 비빔밥을 만들거나 양념이 덜 들어가는 맑은국을 얼른 끓여내는 것이 대체로 아내의 요리 스타일이다. 원래 사람의 소화기관은 채식동물과 유사하대, 라고 아내는 말한다. 이하 동문이다.

저녁은 드디어 내가 주도권을 잡는 시간이다. 나는 전통 음식의 맛과 향에 익숙한 세대이기에 나물이나 탕, 국물 있는 요리를 선호한다. 제주 햇고사리와 대파를 이용한 육개장, 토란탕 등 몇 가지 전통음식을 요리

할 줄은 안다. 외식을 할 때는 질 좋은 육회를 먹을 수 있는 대흘리 식당, 함덕에 있는 보말미역국 집, 봉개동 기사식당 등에 가고, 막걸리에 생무와 김치만을 주는 마을 뒷골목 할망 가게도 종종 간다. 이래저래 우리는 항노화 에너지를 분출하는 제주 바다와 한라산에서 취한 식재료를 마다할 이유가 없다.

불로초는 사랑이라는 풀이고, 연인이란 음식을 서로 나누는 사이라고 했다. 아내가 작업실에서 돌아와 몸을 씻고 있다. 나는 김녕 수박으로 화채를 만든다. 섬에서 단둘이 바라보고 사는 삶이라 어제와 오늘 사이에 뚜렷한 구분이 있는 건 아니다. 그저 함께 먹는 것 속에 우리의 영혼과 숙명이 있다고 믿으며, 어쨌든 인생의 고갱이가 어떻게 흐르는지 우리는 짐작이 가는 나이라고 믿으며.

너 때문에 내가 다른 기도를 못한다

어머니는 꽃을 참 좋아하셨다. 꽃을 싫어하는 사람
도 있나, 라고 말할 수 있지만 늘 곁에 두고 싶은 게 누
구에게는 꽃이 아닐 수 있다. 어머니는 평생 생일이나
명절 선물로 꽃 외에는 원하시는 게 없을 정도였다.

어머니의 3주기 모임은 경기도 양평에 있는 수목장
에서 우리 부부와 동생네 가족이 모여 조촐히 진행되
었다. 우리 부부는 새벽 비행기를 타고 제주에서 김포
공항에 내린 다음 공항철도를 이용해 서울역까지 가
서 KTX로 양평까지 갔고, 미리 가 있던 동생이 양평역
에 마중 나와 서종면 도장리 자연장지까지 차로 이동
했다. 서종면은 내가 스승으로 여기는 최하림 선생이
사셨던 곳이라 너무 익숙한 지역이다. 우연이지만 스
승과 어머니는 그리 멀지 않은 곳에 묻혀 계시고, 나는

내 인생을 기댔던 두 분의 삶을 오래 지켜볼 수 있었으며, 두 분의 묘지를 찾아가는 발걸음을 가끔은 같은 날 맞출 수 있다. 그런 날 특별한 울림이 없을 수 없다. 감사함에는 늘 미안함과 아쉬움이 뒤따르는 것이어서, 꼭 그래서 하는 말은 아니지만, 마음의 빈 곳은 메워질 수 있는 것이 있고 다시는 메워지지 않는 게 있다.

어머니는 자주 내게 말씀하셨다. "너 때문에 내가 다른 기도를 못한다." 오십, 육십이 되어서도 떠돌며 사는 나 때문에 눈을 감을 수 없다 하셨고, 나를 위해 기도하느라 다른 기도를 못한다며 "이놈아, 이놈아" 하셨다. 자식이란 어머니의 사원에 몇 번씩 불을 질러 태워먹고도 자식이란 이름이 유지되는 모순적인 은혜를 입은 자에 다름 아니다.

나는 꽃다발과 어머니가 좋아하시던 문주란의 〈돌지 않는 풍차〉와 〈타인들〉을 묘지에서 틀어드렸다. 이러면 무엇이 나아지는지 잘 모르겠지만 어머니에게는 좋을 것도 나쁠 것도 없을 것이다. 나이들어 이러하면 저러하면 어떻게든 위로가 될까 하고 서툴게 노력했던 자식들은 어머니의 슬픈 기억들을 다소 완화시켜드

렸는지 모르지만 그것을 씻어드릴 수는 없는 것이다.
"그래도 말년엔 좋으셨을 거야." 이런 말은 하지 말아
야 한다.

어느 독자에게 보내는 편지

나는 시인이 되어도 좋다는 누군가의 허가를 받은 적 없이 시인이 되었습니다. 1980년대 당시로는 드물게 시단에 시집을 들고 나와 작품활동을 시작한 것입니다. 마찬가지로 내 작품이 죽었다는 누군가의 선고가 내리기 전에 나 스스로 작품이 안 된다는 느낌이 오면 펜을 놓을 작정입니다. 시인에겐 그 정도의 자기 판단 능력과 자유가 주어진 것이라 믿습니다.

저는 시에 관해 말하는 일이 드뭅니다. 저의 창작 입장이 어느 정도 대변한다 말할 수는 있겠지만, 그것도 독자의 판단일 뿐이며, 시에 관해 잘 말할 수 있는 사람은 시에 관해 잘 말할 수 있는 사람일 뿐입니다. 그런 시도 이제 마무리할 때가 다가오고, 생각해보면 시는 작지만 견고한 날개가 있어 그게 떨림이든 의미든 정의

든 욱여넣음이든 멀리까지 올 수 있었으며 흩어진 정
신의 지푸라기를 날라 작은 집을 지을 수 있었습니다.

시가 어떻게 쓰이냐는 물음은 여행자의 노정에서
만나게 되는 놀라움에 대한 궁금증과 닮았습니다. 지
금껏 나의 시란 문체 또는 스타일에 대한 선견이나 전
략과 계획이 있었던 게 아닙니다. 영감을 불러오는 뮤
즈는 연인의 눈빛이나 가시나무 사이를 걸어온 종아
리, 길가에 핀 수선화 같은 작은 세계에 있었고, 사회
적 변방과 여행자를 눈여겨보는 여정 속에 터득된 고
독이 시로 배어나온 것일 테지요. 눈폭풍 들판에 꼼짝
않고 서 있던 조랑말이 여름 되어 산귤나무 고목 아래
소용히 서 있는 것처럼 그런 여성은 다음 정거장이 어
디인지 물을 필요가 없고, 어디로 가는지 설명할 필요
가 없습니다. 나는 시 외에는 가진 것이 없으며 그것
말고는 이성의 불빛을 켤 수 없습니다. 그것이 반딧불
같은 빛일지라도 시는 친구들을 만나게 해주고, 독자
와의 사랑을 이어주었습니다. 그다음엔 어떻게 할 것
인지, 이웃집 담을 넘어가다 내 눈치를 보는 어린 고양
이 아루처럼 생을 두고 갈 수 있는 시간을 흘깃거리며
잠깐 짚어보는 것입니다.

시는 외롭게 혼자 가지만, 진실은 복수로만 존재하기에 단 하나의 현실이란 믿을 수가 없습니다. 이호테우 해변에서 모래성을 쌓는 아이의 가슴에 알 수 없는 시가 있으며, 오물이 반죽처럼 엉켜 장화를 신고 다녀야만 하는 아프리카 슬럼가의 어린이 마음에도 눈부신 시가 들어 있습니다. 그런 현실들을 시는 내적 여정을 통해 증거로 삼지만, 한편으로 시란 모든 것을 다 말해야 하는 것은 아니며 그럴 수 있는 일 또한 아닙니다. 오히려 좀 헐겁고 자유로워 모호하고 못다 한 말이 있어야 시라 할 수 있겠지요.

단 하나의 길만 남게 된 사람이 시를 쓰는 사람이라 믿었습니다. 아픈 시대의 정신을 마르지 않은 질벅질벅한 문장으로 가리던 젊은 시절이나 스스로의 의식에 반성의 채찍을 들 수 없던 힘들고 헐한 중년 시절도 지났지만 단 하나의 길, 선택의 여지가 없는 그러한 빈곤 속을 여러 번의 사랑과 함께 얼마나 걸어 여기에 이르렀는지, 돌아보면 시는 세상과 나 사이에서 나를 보호하려고 분투를 거듭한 듯도 합니다.

당신이 무슨 꽃인가를 뒤따라왔다는 생각

등나무 줄기를 지지대에 붙이기 위해 연장통을 들고 마당에 나와서 본다. 빈 꽃밭이랄 수 있는 벌거벗은 화단에 수줍은 색감이 돌고 있다. 눈물꽃들이 눈에 띌 듯 말 듯 피어 있던 겨울 동안 정원은 묵묵히 연두색을 연습하고 있었다. 서서히 송진을 뚫고 나오는 잎들이 있고, 흙을 밀고 나오는 줄기들이 있다. 이것들은 설한령 한라산의 자태에 식겁했다는 표정도 없다.

지난해 무너진 돌담을 쌓고 보강하느라 인부들을 불러 작업을 한 후 열을 많이 받았다. 은방울꽃들은 뽑혀서 보이지 않고, 레몬나무 가지는 일부가 잘려나갔으며, 잡풀과 야생화를 구별 못하는 인부들이 돌담 밑이나 화단 밑에 심어놓은 낮은 풀꽃들도 뭉개놓았다. 그분들이 무심히 뽑아버리거나 짓밟은 야생화들 심을

만한 자리를 다시 봐두어야 한다. 죽은 은방울꽃의 꿈
이 자리를 내준 연못가에 어떤 이야기라도 있는지 아
내는 물속을 들여다보고 있다.

덩굴시렁을 타고 뻗어 있는 포도나무 두 그루는 늘
상태가 좋지 않다. 옛 주인이 일부 마당을 다지며 진흙
을 쏟은 탓에 포도나무에겐 척박한 자리가 되었다. 그래
도 포도 열매 맺는 것을 보면 포도나무가 맞다. 완전히
죽어버린 나뭇가지나 나무둥치도 다시 싹을 틔울 수
있지만, 그러려면 정원사의 솜씨가 좋아야 한다. 큰 느
릅나무들이 있는데 잘 우거지고 관리가 어려운 수종이
라 내가 귀찮아한다는 말을 듣고 이웃집 박 선생이 내
게 구박을 한 적이 있다. 조경에 느릅나무가 얼마나 귀
한 수종인지 아느냐며. 어쩌면 느릅나무가 나를 따돌
리고 살았던 모양이다.

나는 작은 꽃을 선호해 화단 관리에 더 손이 가는 형
편이다. 장미도 꽃이 작은 종이어서 가까이 가서 들여
다봐야 돌 밑에 피어 있는 것을 알 수 있을 정도이다.
작년에 잔디를 일부 파내고 거기에 밟아도 되는 겹물
망초를 심었다. 작은 흰꽃들이 마당의 일부를 완전히

덮는 봄부터 늦가을 사이에 손님이 오면 놀라곤 한다. 작고 연약하게 핀 꽃들을 밟고 다닌다는 것에 놀라고, 밟을수록 모양이 예뻐지고 튼튼해진다는 사실에 놀란다. 겹물망초들은 아직 땅에 바짝 붙어 말라 있는 듯 보이지만 지운 것을 되살리려는 갈색으로 숨을 쉬고 있다.

아내와 후쿠오카에서 열흘을 있다 온 터라 육지에서 우편물이 꽤 와 있다. 대개는 모르는 시인들에게서 보내져오는 시집인데, 잠시 일손을 놓고 마당 테이블 의자에 앉아 봉투를 뜯어 시집의 첫번째 시를 읽을 때 정원사의 마음은 신선하고, 삿포로의 엄청난 폭설 속을 뛰어다니다시피 한 우리는 겨울의 몇 페이지를 접어두고 온 풍경을 떠올리며 무우수(MUUSU)커피를 마신다. 문득 아내를 쳐다본다. 세상 어디에서도 산 것 같은 느낌이 없을 때, 살림을 들고 당신이 무슨 꽃인가를 뒤따라왔다는 생각이 드는 것이다. 이제 이웃하는 숲속에 딱따구리와 휘파람새가 와서 울면 우리집 정원은 완성된다. 갈퀴로 나뭇잎들을 걷어내면 말라버린 것들의 바스락거리는 소리마저 믿을 수 없는 신춘에 쓰이는 것만 같다.

두봉

TV 채널을 돌리다 눈이 번쩍 뜨인다. 스톱! 두봉! 신부님이 구십 세의 늙은 모습으로 다큐 프로그램에 나타난 것이어서, 검소한 선으로 형태를 이루고 순수한 빛으로 싼 어떤 인간이 내게 향수를 불러일으키는 것이라 금세 감회가 젖어오는 것이다.

문음사 편집주간을 할 때 초대 안동교구장이었던 두봉 신부님을 찾아가 하룻밤을 같이 보낸 적 있다. 당시 신부님은 '파리 외방전교회 마지막 선교사'라는 수식어를 가지고 계셨다. 농촌을 사랑하고 어려운 카톨릭농민회를 뒷받침했으며, 박정희 대통령 시절 추방명령을 받기도 해 고난이 적지 않았지만 지금 보니 많이 늙으셨되, 두봉, 그분에게 아기 같은 맑은 웃음과 유머는 변하지 않는 것이었나보다.

예전 문음사는 한남역 근처에 있었다. 어느 날 출근해 신문 칼럼을 읽다 두봉 신부님에게 용무를 밝히는 전화를 걸고서 나는 곧바로 사무실을 나왔다. 그리고 기차와 버스를 갈아타고 바로 안동으로 내려갔다. 끼우뚱끼우뚱하게 도착한 초저녁 버스에서 내리자 신자 한 분이 마중나와 있었다. 그 옆에서 뚱한 눈길로 어머니를 바라보는 어린아이 하나가 갑자기 내 팔을 잡아 끌어 나는 미소를 지어주었다. 그리고 안동성당으로 가 신부 사택으로 안내를 받은 나는 두봉 신부님과 인사를 나누고 곧장 함께 식사를 했다. 현재까지 쓴 글들을 묶어 빠른 시일 안에 책을 내기로 계약을 한 다음 어둑스레한 서녁이 오자 급히 오느라 숙소를 잡아두지 못한 나는 좀 난감해졌다. 차를 마시고 여관을 찾아보려고 엉거주춤 자리를 일어나자 그걸 눈치채고 신부님이 고개를 저으며 함께 놀자고 해 나는 놀랐다. 그리고 그날 밤 내가 본 신부님은 거의 본인이 하는 말과 몸짓 등 행동에 대해 일치하는 감정을 가진 듯한, 토를 달 수 없는 어떤 순수하고 명쾌한, 잊지 않기 위해 또다시 만날 이유가 없는 그런 모습이었다. 와인 두 병을 비울 때 열린 문으로 마당에 밤이슬이 내리는 게 보이는 것 같은 정지된 순간이 있었다. 그리고 느낌에 그 와인은 미사용 와인이 분명한데, 세상에 이런 와인을 먹을 줄 난들 어찌 알았겠나. 그리고 살그머니 신부님의 잇새로 빠져나오는 서툰 한국말의 뉘앙스는 밤새 프랑스말의 뉘앙스를 누르려는 듯도 했다.

이렇게 술을 마신 다음 이제 각자 방에서 자는가보다라고 생각한 건 또 나의 오산이었다. 이번엔 전자 피아노 한 대가 구석에 있는 방으로 나를 잡아끌더니 환하게 웃으며 우리 노래 좀 부를까요? 하셨다. 바야흐로 안동성당에 가라오케가 들어서는 것이었다. 곧이어서 건반을 두들기며 이미자의 〈동백 아가씨〉〈섬마을 선생님〉 등을 부르시고 신부님은 손짓을 해가며 내게 노래를 청했다. 퇴장하려다 다시 등장한 가수처럼 나는 좀 멋쩍은 모습으로 노래를 두어 곡 불렀다. 열광의 수준으로 사람이 좋아지는 밤이었다고만 해야겠다.

은퇴해 안동 근처 의성에서 텃밭 농사를 지으며 세상 산책을 이어가시는 영상 속 미소를 가만히 따라 해보는 것인데, 나는 당신과 동떨어지지 않았다고 말하던 신부님을 찾아가던 길이 엊그제 같다. 변하고 지나가버린 추억의 빛.

비망록: 제자들

육지에 사는 제자들 셋이서 1박 2일로 제주를 다녀가고 나자 제자들의 '있음'이란 지금까지 내가 모르는 다른 의미 속에 있는지도 모른다는 생각이 들었다. 그리고 문득 아프리카에 있는 제자들이 떠올랐다.

1990년 후반에 케냐 크라우드스쿨의 교장을 지내다 귀국하던 날, 감잎처럼 두껍고 길쭉한 난디플레임 이파리에 '사랑하는 황'이라고 쓴 눈디올레의 편지가 어딘가 남아 있으며 관사 서재에 아이들이 선물로 가져다놓은 꽃잎과 구슬 같은 것들이 있었다는 사실이 생각났다.

그러고 보니 그 모든 것이 궁지에 몰린 사람이 찾아간 여행이었다. 황무지 언덕에 어린 제자와 앉아 드넓

은 들판을 바라보며 열매가 제법 크고 탐스럽지만 가
난한 사람들에게 먹거리가 될 수 없는 소시지나무가
우리가 알 수 없는 용도로 서 있고 HIV 감염 상태로 태
어나 잠시 세상에 있다가 간 어린아이들과 여성 할례
를 받다가 숨진 소녀들의 들판 묘지가 아스라이 내려
다보일 때 그들이 그 짧은 시간 신으로부터 부여받은
임무에 대해서도 우리는 전혀 알지 못한다는 이야기를
나누던 신비로운 저녁이 신기루처럼 눈앞에 떠오른다.

강풍주의보가 내려진 제주에서 커튼을 열고 흐린
창밖을 보자 아프리카 스콜이라 부르는 빗방울이 눈앞
에 겹쳐진다. 엄청난 흙탕물 격류를 만드는 아프리카
스콜은 이득히 펼쳐진 황무지를 때리는 빗방울 소리와
돌덩어리, 소, 염소 등을 끌고 내려가며 쿵쾅거리는 소
리를 내고 번개처럼 왔다 간다. 제주의 건천과 유사한
키동이라 부르는 마른 강들은 그사이 요란하게 나타났
다가 잠시 후엔 깨끗이 사라지고 만다. 드문드문 서 있
는 가시나무들이 안갯속에서처럼 지워지며 흔들리다
다시 나타날 때 사막 우중(雨中)은 수락, 스밈, 해체, 동
화 같은 현상 속에 아린 삶과 다시 해후할 수 있는 시
공간이 되는 것이다.

아프리카 스콜을 함께 맞던 어린 제자들은 지금 어디서 무엇을 할까. 척박한 땅에선 만행(萬行)이 먹고사는 것과 관계하지만 그러나 모든 것이 먹고사는 것을 향한다고 말해버리면 안 될 것이다. 에이즈 병동에서 죽어가면서도 남은 물 한 모금을 옆자리의 환우와 나누던 그들의 가난한 초록 세상은 그저 살아남는 것만이 목적이 아니라 나름의 질서를 따라 나누고 섬기는 존재로 사는 또다른 세상을 만들어 보여주곤 했다.

코로나로 병상에 있는 한 제자의 위급한 소식을 전하고 육지로 되돌아간 제자들의 입구는 나의 출구여서 그 입구와 출구는 나에게 가파른 여행의 하나의 안팎이다. 어느 날 내가 떠나면 또다른 젊은 사람들이 오리라.

에구치 히사시

　이웃 마을에 가끔 가는 일본식 주점이 있다. 두어 달 바쁜 일이 있어 아예 잊고 있다가 문득 생각이 났다. 일고여덟 명쯤 앉을 수가 있는 숨겨진 동네 술집이다. 나는 바지락술찜을, 아내는 와사비를 얹어 먹는 모찌리두부와 오뎅을 주문하고 기다리면 라디오에서 일본 방송이 흘러나온다. 그런 섯은 상관없다.

　오키나와 생맥주를 마시며 바 테이블 바로 앞에서 음식을 만드는 흰머리 듬성한 일본인 주인과 한국말로 대화를 나눌 수 있어서 좋다. 열차 칸처럼 좁고 긴 전면 벽과 오른쪽 벽면을 선반 가득 사케 병들이 채우고 있다. 숫자를 세어보지 않았지만 이백 병쯤 되지 않을까. 말하자면 이백 종류의 사케를 모아놓은 것이고 그걸 칠팔천 원 하는 잔술로 팔고 있다.

그러다 깜짝 놀랐다. 바로 내 눈 정면에 소녀의 얼굴이 그려진 사케 병이 놓여 있는 것이다. 대개 일본 사케 레벨은 다양한 필체의 일본어 글씨를 커다랗게 쓰거나 전통의상을 입은 남성을 그려넣는 게 보통인데, 글자는 전혀 없고 젊은 여자의 얼굴만을 먹선으로 그린 레벨의 사케 병이 거기 있었다. 그리고 왠지 그림이 낯익다는 생각이 들었다.

바로 에구치 히사시의 일러스트였다. 일본인 주인에게 물어보자 바로 인터넷을 찾아 현재 나가노현에서 그의 전시회가 열리고 있다는 소식을 전해준다. 그렇구나. 코로나 상황이 아니라면 한번 가보고 싶다는 마음이 일고, 아내는 더 신이 나 핸드폰에서 일본 지도를 찾아 전시 장소가 도쿄에서 그리 멀지 않은 곳이라는 걸 알아낸다.

에구치 히사시는 1956년생이니까 나와는 두 살 차이이다. 언젠가 도쿄에서 열린 한일시인대회(韓日詩人大會)에 손님으로 온 그를 만난 적이 있다. 안경을 끼고 벙거지를 뒤집어쓴 그가 반가웠던 건 나와 비슷한 또

래라는 것과 나이들고 유명한 사람의 웃음으로는 꽤 소탈하고 넉넉한 구석이 있었다는 것이다. 흔히 일본의 전설적인 만화가라 불리는 그는 여성을 쿨하고 세련되게, 사실적으로 묘사한 그림으로 유명하다. 당시엔 에구치 히사시의 그림체가 선구적이었고, 무엇보다 패턴에 빠지지 않아 아무나 쉽게 따라 그릴 수 없었다. 그래서 존경을 받았다.

지금은 상업 일러스트레이터로 자가의 이름자를 딴 코토부키 스튜디오에서 대부분의 시간을 보내고 있지만, 예나 지금이나 꽤 바쁜 사람인 것 같다. '청춘을 비추는 한 장의 이야기'를 그리는 데 순정을 다하는 것이야말로 바로 에구치 히사시의 늙어가는 법이라 할 수 있을 것이다.

밤 산책

마침내 밤 날씨도 춥지 않아 밤 산책을 간다. 그래
도 밤공기를 쐬는 일이니 얇은 털옷을 위에 걸치고 커
다란 원형 플래시를 손에 들고 나가면 반달이 마당 위
에 떠 있다. 대개 자정 지나 잠이 오지 않을 때 대문을
열고 나가는 것인데 문밖을 나서자마자 닭 울음소리
를 들어야 한다. 건넛집에 한밤중 사람 발자국 소리가
나면 우는 닭이 있다. 어디 불 켜진 데라도 있는지 두
리번거리는 어두운 영혼 하나의 마지막 깨어 있는 불
빛 한 조각. 그걸 쫓아오는 것 같은 닭 울음소리가 점
점 희미해지다 꺼질 때쯤 길은 작은 골목에서 마을길
이 된다.

마을길에 들어서면 신촌리 위험 구간 도로라 부르
는 꼬부랑길이 시작된다. 최근 감귤밭 주민들의 동의

를 얻어 중간중간 S자로 꺾이는 부분들을 3차선 폭으로 넓힌, 중산간에서 해안마을 쪽으로 걸어내려가는 것이다. 눈앞에 일자형으로 펼쳐지는 환한 불빛들은 신촌포구에서 함덕해수욕장까지 이어지는 민가, 상가 혹은 가로등, 고기잡이 불빛들이 서로 겹친 것이다. 그중엔 자지 않고 깨어 있는 자신들의 망상을 설명하려는 불빛이 있으며, 크고 환해 눈이 부신 불빛 몇 걸음 뒤에 남편 병수발하는 여인의 우물같이 꺼진 불빛이 촌집 벽면에 붙어 있는 경우도 있다. 자고 있는 아내는 내가 먼저 떠나면 텅 빈 객석 같은 집을 비추는 시간 속에서 무얼 하고 지낼까. 사랑도 이 무대에서 내려올 때가 올 텐데 남은 자의 메마른 의식은 거실의 샹들리에나 침실의 호박등 아래서 어울릴 것인가. 내가 먼저 떠나온 곳으로 내가 먼저 가는 것인데, 밤별들이 한숨처럼 희미한 밤이다.

내가 들고 나온 플래시 불빛은 지나가는 차량에게 사람이 있다는 신호를 줄 수 있고, 갑자기 나타나는 들개를 쫓을 수 있게 해준다. 제설함이 길가 좌우에 놓여 있는 경사길을 내려간다. 다음 조와로 골목까지 내려가는 동안에 흐느낌이 죽어버린 반달이 따라 내려온다. 밤의 길이가 열 시간 정도 되는 계절이다. 이 밤 별 이유 없이 밤을 새우는 사람이나 바다 위에서 씨름하는 고기잡이 어부나 내일의 장사를 위해 재료를 준비하는 식당 주인이나 수선화 속의 얼음 같은 사람에게도 행운이 필요하다. 술꾼 하나가 조천읍 목수상점 셔터에 기대어 비틀거리거나 어느 여행자가 월정리 카페로쥬 예쁜 골목에 예상치 않게 들어와 머뭇거릴 수도 있는 밤이다. 조금 전에 흰색 다마스 한 대가 무턱대고 어둠 속으로 떠났다.

해무 속에서

　해무가 짙어 갑자기 해무 속의 메밀밭이 궁금해져 아내를 데리고 이웃마을 와흘리에 간다. 거기 메밀들은 하반신이나 발목을 돌멩이 속에 박고 너른 개활지를 따라 해무처럼 서 있다. 돌무지뿐인 그 메마름 속에 숨쉬는 연둣빛과 초록의 길은 비물질적 광막함 가운데에 보일 듯 말 듯 흔들리고, 보이거나 보이지 않는 모든 틈새에서 인간을 기르는 불가해한 음성을 듣는다. 특별히 내 몸과 영혼이 소진될 때 내 슬픔을 이 메마른 대지에 핀 초록과 흰꽃들에 기댈 수 있다.

　메밀밭 너머 물 없는 강이 산귤나무 언덕을 따라 구비돈다. 마른강은 언어의 관능까지를 끌며 세상이 섬 밖에서 끌고 온 온갖 추문과 폭력까지를 자신의 생명 속에 녹이며 지금 내 목구멍과 시야까지를 축여준다.

살려고 무슨 짓을 했는지 물어보는 법도 없다. 그 마른 강 계곡을 채우며 흐르는 해무가 어느 눈 안 띄는 곳에 감추어둔 문장 몇 줄을 당신에게 읽어주고 싶다. 인간이 사랑을 이야기할 때 사랑 아닌 것을 너무 많이 말하기 때문에 사랑이 보이지 않지요. 묵묵히 동네마다 생명을 돌리고 있는 마른강의 전언을 들어봐요. 그 위에 흐르는 해무는 이미지로만으로 세상을 먹이는 자유와 행복의 실재입니다. 해무의 돌밭에서, 사랑이라고 불러도 좋을 메밀의 하얀 꽃의 그렁그렁한 눈물, 맑디맑은 물방울을 당신과 나눈다.

불현듯 해를 가린 해무 속에서 마른강 근처에 지어놓은 느티나무 고목들의 공중누각을 만난다. 자연의 섭리는 종종 인간이 구획할 수 있는 모든 관습적 개념들을 가로지르며 비상한다. 이 경계 지우기, 몸이 무거워진 짙은 구름이 수런거리다 이내 빗소리가 느티나무를 흔들고 해무의 들판을 두드리기 시작하면 삽시간에 와흘리 땅은 채색의 화폭으로 번진다. 그 피고 스러짐이 세상에서 찰나인 듯 신비롭다. 순간과 영원이 공존하는 경이로운 비밀의 화원, 이토록 자유분방한, 이토록 물큰하고 쓸쓸한, 뜨겁고 쿵쾅거리는 심장의 울림으로 나를 감싸는 들판의 향연은 때로 아무리 애를 써도 앞으로 가지지 않는 인간의 걸음을 별들처럼 반짝이는 메밀꽃밭 앞에 세운다. 이 기이한 아름다움은 '생명력'이라는 가장 순수한 형태로 자신의 본질을 드러내며 일렁인다. 나는 여기에서 무슨 말을 가지면 좋을까.

초록이 아름다운 것은 초록 속에 어둠과 사막이 있기 때문이다. 씨앗 하나로, 잎눈 하나로 완전한 어둠을 숨쉰 아기 하나가 어디선가 탄생을 알리고, 겨울을 난 메밀밭에 새잎 나고 꽃필 때 깔리는 해무는 초록을 꿈꾸어온 어둠과 사막이 세상 밖으로 밀어낸 눈물이라고도 할 것이다. 꿈꾼 만큼 아름다워질 수 있다는 말을 사랑과 두려움 속에 회의 없이 믿을 수 있는지 모르지만, 끝까지 당신이 행복했으면 좋겠다.

처마 밑 비 떨어지는 데 양하를 심었다

양하는 생강과에 속하는 채소이다. 제주 특산물 중 하나이며 제주에서는 양애라고도 부른다. 아직까지 국내엔 잘 알려져 있지 않지만 그 특유의 향과 맛 때문에 일본에서는 고급 향신료 채소로 널리 애용되고 있다. 버릴 데가 없는 것이 또한 양하의 장점이다. 봄에는 양하 줄기로 국을 끓였고, 여름에는 부드러운 잎을 따서 먹었다. 양하근이라 부르는 꽃봉오리는 가을에 절임, 무침, 구이 등으로 요리해 먹는다.

그렇듯 쓸모 많고 여러 용도로 사용된 양하를 제주 가정집에서는 처마 밑 비 떨어지는 데에 심었다고 한다. 땅이 부족하고 물이 적은 척박한 제주살이의 한 지혜라고도 할 수 있으리라. 그대로도 좋지만 처마 밑 비 떨어지는 데마다 양하를 심고 가꾼 그 자체가 한편의 아름다운 이야기이며, 어려운 삶을 풀어내는 것 또한 삶으로만 가능하다는 것을 보여주는 예이다. 이러한 양하 이야기는 제주향토음식 명인 1호이자 '김지순의 낭푼밥상'을 운영하는 김지순 선생에게 들었다. 오늘 낮 아내가 하는 월정리의 백년된 구옥 카페 로쥬의 개업을 축하해주러 일부러 오신 김지순 선생의 음식 이야기는 또 이렇다.

제주에 생각보다 먹을거리가 많지만, 제주 사람들이 일 년 내내 먹었던 것으로 톳과 쌈을 꼽았다. 특히 톳냉국이 제일이라고 했다. 바다에서 가져와 말리면 소금이 피는데, 거기에 날된장을 넣고 물만 부으면 바로 톳국이 되고 톳냉국이 된다. 마찬가지로 계절마다 나는 야채를 이용한 쌈이야말로 제주의 참 먹거리였다는 것이다. 그런 기억을 더듬는, 아끼고 아껴서 먹었던 그 몇몇 가지를 떠올리는 자의 눈빛은 떨리는 듯 아련했다.

또한 제주에서는 '리'자 들어가는 네 가지 음식을 먹어야 한다고도 했다. 자리, 벤자리, 객주리, 북바리가 그것이다. 가장 귀한 것은 물이었다. 오죽하면 "돼지 한 마리에 물 한 허벅"이라는 말이 있었겠나. 가정에서 여인들의 물 구하는 일이란 바다에서의 밭일만큼 어려운 일이었고, 섬에선 먹을 것 자체가 귀했으니까 종합하면 "제주 음식은 볼품이 없다"고 했다. '볼품없다'는 건 제주 음식의 귀함과 일미(一味)의 애정어린 표현이지만, 무엇이건 귀했던 섬에서 나는 것들은 특별한 조건과 환경 속에서 독특한 효능과 맛을 가진다.

사랑하는 자를 사랑받는 자로 변화시키는 것 중에 음식이 있고, 음식은 만들어지기 전에 이미 우리의 음식이었다. 아내는 김지순 선생에게 말했다. "제일 안되는 게 요리인데, 제주 향토 음식 두어 가지는 어떻게 해보고 싶어요. 나중에 선생님 식당으로 배우러 갈게요." 김지순 선생은 가실 때 웃으면서 말했다. "인희씨 입에서 나오는 '여보'라는 말이 참 예쁘네요."

여보, 이야기 몇 개 해줘요

나이 지긋해진 동초등학교 동창들이 한 달에 한 번 만나는 모임에 외부인으로 어떻게 끼게 되었다. 그 동창 중에 가까이 지내는 지인이 있어 합류한 것인데, 마침 모임이 우리집 근거리에서 있었기에 쉽게 갈 작정을 할 수 있었다. 아내가 잠자리에 누워 그 동창회 다녀온 이야기를 해달라고 힌다.

글쎄, 매번 거의 같은 사람들이 만나면 밥 먹고 술 먹고 이야기는 또 무슨 이야기를 하겠나. 그 일원 중 한 사람이 중매해 결혼한 사람이 있는데 중매쟁이 왈, 그 중매, 잘한 일인지, 웃으면 저쪽에서 너 때문에 인생 망쳤다고 하고, 그러면 옆에서 누군가 나서서 말한다. 다 인연이우다게.

그러면 우둥퉁하게 살이 붙은 누군가 말을 받지. 인연이면 뭐해. 각방 쓴 지 십오 년인데. 그 말에 다른 남자가 말을 보탠다. 우리는 각방 안 써, 두 이불 펴고 한 방 쓰지. 그 말을 한 여자가 받아서 우스갯소리를 보탠다. 한 이불 쓰면 겨울에 자다 춥다고 이불을 자기 쪽으로 끌어가는데 아무리 잡아당겨도 꼼짝 않지. 무릎에 끼고 자버리니까예 할 수 없수다. 또다른 여자 동창이 말한다. 한 이불 쓰면 담배 냄새 때문에 못 잔다. 그러면 살짝 시어머니 발밑으로 내려가서 눕는 건데, 자다 말고 시어머니가 또 오냐? 하고 말 한마디 붙이고 다시 잔다는 것이다. 이제 안 햄시네. 그런 이야기는 과거의 이야기인지 현재 그렇다는 것인지 모르지만 모두들 알아듣는 이야기인지라 더 묻는 법도 덧붙여 말하는 법도 없이 웃고 떠들고 들썩거리며 들락거리며 밤은 깊어가는 거.

육십 년 된 친구들이 이십 년 전부터 매달 한 번씩 모였다 하니 예사 친구 사이가 아니지. 변사(辯士)가 나왔나 싶은 사람도 있고, 싸움난 집에서 누룽지 얻어먹을 만큼이나 두름성 있는 사람도 있으며, 시인도 있고 수필가도 있으며, 재주가 메주인 삼류 화가도 있다.

"풀밭에서 뚜렷하고 쑥밭에서 우뚝한 사람"이라는 말도 있듯이 모이다보면 별쭝맞고 무리에서 두드러진 사람이 있는데, 이미 모두 취해서 행동이나 말투까지 비스름해 보이면 진짜 친구들인지도 모른다. 문득, 어느 잔디밭에서 찍은 옛사진을 돌려보다가 한 사람이 소리친다. 아니, 내 뒷모습이구나! 내 뒷모습 처음 본다! 정신없이 살다보니 잊은 지가 언젠지조차 모르는 자기 뒷모습. 살아도 살아도 요령부득이고 섞갈리는 세상에서 내 뒷모습은 당신이 가장 잘 알고 있겠지. 어서 자. 자면서도 옆으로 자는 나의 행간에 당신의 잠은 나뭇잎 한 장의 시 같은 것.

어머니

　당신이 몹시 앓던 여름밤, 의원을 부르러 가던 나는 아직 어린 소년이었다. 그후로도 당신은 많이 아팠고, 많이 아픈 사람으로 늙어갔다. 아마도 어디서든 바람에 불리는 힘없는 사람으로서 바꿔치기할 수 없는 생에 수긍한다는 것이 정화수 한 그릇의 의미 아니었을까. 작고 고색이 서린 고향집 장독대 위엔 당신이 올려둔 정화수 한 그릇이 아직도 당신의 손목을 붙들고 있는지도 모른다.

　바닷가 조천마을에 자주 차를 세우고 올레 18코스 주변을 걷는다. 용천 코스라 불릴 만큼 옛 엉물빨래터나 용천수가 잘 보존된 마을 골목 초입 담장가에 능소화가 붉다. 어제 새벽 산책길에선 작은 항아리에 용천수를 길어가는 노파를 만났다. 백발을 뒤로 빗어넘겼

으나 몽당한 머리털은 곤추서 마치 당신이 이생에 출현한 모습이어서 놀랐다. 길어가는 물은 아마도 정화수로 쓰려는 적은 물 아니었을까. 예전에 정화수는 새벽에 길은 맑은 우물물이며 장독대 위나 부뚜막에 떠놓은 한 그릇 뼈가 보이는 물이었다.

두 손을 모으고 미명을 배경으로 치성을 드리는 어머니들의 마음과 소망은 정화수에 대한 기억을 알지 못하는 다음 세대 아이들의 핏속에도 흘러갈 것이다. 젊은 날 당신의 긴 목의 그림자, 탐스러운 머릿결의 흔들림도 할머니의 또 할머니의 정화수 한 그릇이 만든 것인지 모른다. 가장 간소하나 가장 정갈한 제수로서 용천수를 사용한 것은 알 수 없는 은하계에서 솟아나오는 물이어야 했을 테니 잘하였다. 이때, 새벽의 맑음과 짝지어진 정화수의 맑음에 비는 사람의 맑음이 물에 심어지는 것이라고 보아도 좋을 것이다.

'당신'이 조천리 좁은 마을 골목 안으로 물항아리를 안고 발걸음을 돌릴 무렵 막 잠에서 깨어나는 사람들의 이 협소하고 편치 않은 우주의 한 귀퉁이에서 나는 양분을 잃은 식물처럼 흔들린다. 당신이 흰 나리꽃처럼 잠시 내 눈앞에 보였던 새벽 미명, 자신이 아니라 다른 이들을 위해 기도할 줄 아는 마음이란 인간 자신, 나 자신을 귀하게 여기는 일과도 통한다는 말씀을 대략 생각하면.

자주 조천마을 횡한 바닷가를 따라가는 것은 그곳에 당신을 생각하게 하는 커다란 폐허가 있으며 그 내력엔 무엇보다 산다는 일, 그 낱낱의 죽음이 있기 때문이다. 해무 속으로 사라져가는 당신의 뒷모습과 걸음걸이는 내게 당신과의 사랑은 사실이자 환상이며 그 둘의 그림자이자 그것들의 결합이기도 하다는 것을 상기시킨다. 그리하여 내가 세상에 없던 오래전의 시간조차 여기에 와 있고 나의 남은 여정은 마지막 남은 당신과의 한 줄 잇기의 서사이며, 시라고나 할 수 있겠다. 그만큼 당신은 언제나 여행하고 생각하며 사랑하는 내 안에 함께 있다.

3부   전생에서부터 당신을 쫓아온 사람

해변의 가방 파는 여인

그녀는 해안도로에 붙은 모래사장에 서서 가방을 팔고 있었다. 나는 이층 카페에서 아내와 함께 내려다본다. 거리상으로는 그리 멀지 않다. 카페가 이차선 해안도로에 붙어 있기 때문에 도로 건너에 있는 그녀가 바로 눈앞에 있다고 해야 할 정도로 가깝게 보이는 것인데, 그녀가 유독 눈에 띄는 것도 사실이다. 머리칼을 좌우로 흔들며 핸드폰으로 통화를 할 때가 있는데 훔쳐보고 있는 나에게 전화를 거는 게 아닌가 싶어.

그녀는 크고 작은 일곱 개의 가방을 데크에 일렬로 늘어놓고 해변에서 쉬지 않고 몸을 움직인다. 민소매 티에 발목까지 오는 바랜 듯한 일자형 청바지를 입었는데 두 팔을 좌악 벌린 채 허리를 비틀어 몸을 좌우로 크게 움직인다거나, 마치 달리기 선수가 트랙에서 가

법게 몸을 푸는 듯한 발놀림과 손동작을 연속적으로
해댄다. 그런데도 힘들지 않는 표정이다. 사람들의 시
선도 아랑곳하지 않는다. 그래도 그럴 수가 있을까. 모
자도 쓰지 않고, 두 갈래 머리는 뒤로 따내려 추처럼
흔들리고 따가운 햇빛에 얼굴은 다 노출시키고, 그 그
을림을 지울 생각도 없이. 엄청난 폭염 속인데.

　나는 속으로 속삭인다. 해지기 전에 일곱 개의 가방
이 다 팔리기를 빌어요. 당신을 위해 먹장구름이라도
머리 위에 떠 있어준다면 좋으련만. 나는 아내에게 해
변의 여자를 보라고 손짓했다. 그러자 아내는 말한다.
그녀가 누군인지 알고 있으며 월정리 골목 안에서 작
은 소품가게를 하는 여자이고 지나다 그 가게를 한번
들어간 적도 있다고. 그래서 우리는 참으로 괜스레 인
스타그램에서 그 가게를 찾아보았고, 그녀가 그 가게
에서 일하는 사람이라는 걸 확인할 수 있었다. 그리고
피드에 올려진 그녀의 사진들을 보면서 놀랐다. 그리
고 이 폭염에 피부를 태우며 노상에서 가방 몇 개를 놓
고 파는 그녀의 몸놀림이 주는, 알 수 없는 여유와 자
신감 같은 그것, 살랑살랑 무슨 말인가를 건네고 있는
그녀의 자유와 세속의 시간을 즐기는 감각이 어디에서

오는 것인지 곧 알아챌 수 있었다.

제일 눈에 띄는 것은 그녀가 전문가급 오토바이를 모는 라이더라는 사실이다. 삼십대로 보이는 동영상 속의 그녀는 오토바이를 타고 여유 있는 미소를 지으며 어느 포구에 도착하고, 해안의 높은 바위나 방파제 같은 데서 물속으로 날 듯이 다이빙을 하고, 서핑을 하며 매서운 눈초리로 파도를 타고, 농민장터에서 제주 토종 흑보리를 홍보하고, 그리고 두어 평 됨직한 되게 좁은 소품가게 문 앞에서 컬러풀한 에스닉 원피스를 뽐내며 손님을 끌고 있다. 무엇에나 스스럼이 없어 보인다.

육지에서 먼저 온 친구를 좇아 제주에 왔다는 그녀의 글도 읽었다. 말하자면 제주가 좋아 제주에 이주한 셈인데, 사랑이 사랑으로 있을 수 있는 곳은 자부심이라는 자기중심일 것이다. 제주는 그런 인간의 중심을 잃지 않게 해줄 수 있는 장소성을 뛰어나게 지니고 있다. 나는 아내를 쳐다본다. 나 여기 있어요.

모든 것을 뒤로한 외딴집

좁은 밭담길로 잘못 들어 우리 차는 산자락을 돌고 이윽고 비탈을 올라가 언덕까지 가서 간신히 시야가 트이는 평지를 찾았다. 그리고 거기서 뜻밖에 산막 같은 카페를 만났다. 사람의 그림자를 찾을 수 없는 숲속에 활처럼 굽은 큰 소나무 한 그루가 눈에 띄고 카페는 그 밑에 조그맣게 붙어 있다. 마치 정박한 배처럼 기우뚱해 보이는 목조 건물 후사면 한쪽으로 이십여 개의 봉분들이 펼쳐져 있는, 이상한 공간으로 차를 몰고 온 우리는 조금은 당황했다. 약초를 이용한 차와 커피를 함께 파는 카페인데, 아내와 나는 먹던 대로 커피를 시켰다.

거기서 바라보이는 하늘은 흐리고 먼바다는 옅은 안개 색이며, 창가에서는 보이지 않지만 근처에 많은 봉분들이 모여 있다는 사실도 시간이 좀 지나자 별다른 느낌을 주지 않았다. 그을린 팔뚝에 새 날개 타투를 한 카페 주인은 무심한 얼굴의 중년 사내로 커피를 우리 테이블에 가져다놓고 주방 쪽으로 가서 창밖을 본다. 마치 외따른 곳 텅 빈 공소(公所)에 홀로 앉아 있는 사람 같은 모습이다.

이런 사람은 어디가 어떻게 다른지 설명하기는 곤란하지만, 인상이나 눈초리 등 아무튼 어딘가 모르게 다른 점이 느껴진다. 카운터가 있는 벽 한쪽에 원양어선을 타고 있는 자신의 젊은 시절 사진이 걸려 있다. 모르는 사람에게 쉽게 말을 붙이는 성미가 못 되는 우리는 서쪽도 보아하니 손님과 대화를 즐기는 타입은 아닌 게 분명해 머리를 바싹 깎아 올린 그 사내를 외면한 채 커피를 마셨다. 그렇지만 내 머릿속에서는 그와 이야기를 나누고 있었다. 당신에게 필요한 것이 여기에 있소? 그리고 대체 저 많은 봉분은 당신과 무슨 이야기를 하고 있으며, 당신은 무엇을 기다리고 있소? 당신에겐 여기가 무엇이 다른 것이오? 어부였던 그는 분명코 제주뿐 아니라 육지의 포구와 항구들을 잘 알고 있을 것이며 아마 약초에 대해서도 알고 있는 것이

많을 것인데, 외딴집에서 무슨 생각일까.

무슨 이유로 이 이상한 풍경 속에 작은 카페를 열고 거기 붙은 방 한 칸에서 살며 모든 것을 뒤로한 채 지나가버린 옛날과 일찍이 배 위에서 지낸 날들을 추억하는, 마침내 귀항지를 발견한 항해자라는 뜻인가. 계속 살다보면 언젠가는 그 어딘가에 닿을 것이고, 어떻든 사는 것 외에는 방법이 없는 인간은 꼭 훌륭할 필요도 유명할 필요도 없는 것이며 이것이 나 자신이다, 라는 식으로 살면 된다. 그래도 모든 걸 따돌리고 자기 자신을 규정하려는 삶은 보통 사람에게는 어림없는 일 아닌가.

깊은 사유 안에서 보면 지루함도 번잡함도 없고, 툭하면 죽고 싶다는 마음도 없어진다. 다만 이렇게 조용히 살고자 하면 삶의 오랜 양식과 패턴을 현재의 자신에게 맞추지 않으면 안된다. 내 경험으로는 조용히 살려면 안에서 벼락 치는 듯한 내력이 있어야 한다. 그냥 가만히 있으면 되는 게 아니다. "무슨 생각해요?" 갑자기 아내가 묻는다. 그리고 당신의 웃음소리. 당신의 웃음소리가 좋다. 당신하고 있지만 당신하고만 이야기할 수 없고 당신만을 쳐다볼 수는 없지만, 당신 쳐다보기를 잊을 만큼 좋아하는 다른 것이 있을 수는 없다. 안갯속 같은 내면에서 나무에 부딪히는 사랑이 이마를 쓸며 웃는, 소리를 들은 것 같다.

내가 소장하고 있는 그림을 누가 그렸을까

"달빛과 핸드폰 화면에서 발산되는 빛을 근거 삼아 밤을 파랗게" 그리는 화가를 만나러 갔다. 말하자면 다른 불빛이 없는 어스레한 새벽이나 밤의 파란 풍경 속에 핸드폰 화면을 들여다보며 생각에 빠진 인물만이 눈에 들어오는 그런 그림이 있는 것이다. 고산지대의 마을이나 텅 빈 목장에서 한여름밤을 보낸 기억처럼 그것은 아련하고 아뜩한데.

나는 한때 섬뜩하다 싶어도 혼자 남은 세상을 살고 싶다는 생각을 했었다. 전시장에서 만난 유재연 작가는 내가 젊어 상상하던 세계보다 더 몽환적인 이미지가 포함된, 형용할 수 없는 혼자를 그린다. 비행정을 타고 알 수 없는 데서 온 기별을 읽는 듯 나는 젊은 화가와 그렇게 한 시간을 보냈다. 기실 그가 어디서 본 것을 기억하고 있다고 해도 아니면 보고 싶은 것을 기억하고 있다고 해도 그림은 달라질 것이 없다.

그의 색감과 선은 존재하지 않는 밤 속에 혼자 사는 사람을 캔버스로 옮겨온다. 등장인물이 전혀 알려지지 않은 채 살아가는 일이 없도록 밤 호수나 숲속, 바닷가 등에서 책이나 핸드폰을 들고 있다. 거기는 대체로 파랗고, 녹색을 띠거나 보랏빛 어룽짐이 있으며, 그런 아름다운 밤을 지어서 밤이라 부른 독자적이고 일방적이며 어딘가 좀 냉담한 스타일이 있다. 그리고 특이하다고 할 정도로 안에서 배어나오는 알 수 없는 파란 빛은 삶과 죽음의 모호한 얽힘을 지시하는 듯하다.

젊은 화가는 런던에서 낮에 일 다니고 밤 늦게 귀가해 새벽까지 그림을 그린다고 했다. 얼핏 생경해 보이는 그만의 파란빛 밤은 그렇게 화가의 실생활과 체험을 통해 자연스레 화폭에 스며든 것이며, 그 빛은 밤의 지붕 위에서 굴러내려오는 눈덩이처럼 주변 사물을 지우며 자기만의 자리를 두루마리처럼 깔았기에 인공적인 느낌이 들지 않는 것일 테다. 우리는 그 꿈과 환(幻) 사이를 가로질러가거나 그 울음이나 울지 않으려는 마음이 뒤엉켜 끓고 있는 데서 돌아설 수 있을 것이다.

그림 속에서 파란빛 앞치마를 두르고 웨이터처럼 새벽빛은 한쪽에서 잠시 휴식을 취하고 있다. 그 사이로 밤이 천천히 겉저고리를 벗는 소리가 나고 물밑에서 표면으로 떠오르는 움직임은 사람의 발자국이 닿지 않는 곳이 어디인지 알고 있는 것처럼 한 치 앞에서도 소리를 내지 않는다. 그 속에서 어떤 방문객도 기다리지 않으나 그 무엇인가를 기다리고 있는 시간이 그에겐 있다.

끝없이 계속될 것만 같은 밤과 새벽은 어두운 물과 희미한 밤이 섞일 때만 들여다볼 수 있는 색깔을 낳고, 죽어가는 인자의 고독 같은 불꽃놀이가 있다. 하지만 그의 그림에서 정말 중요한 역할을 하는 것은 전혀 다른 것인지도 모른다. 또한 모든 빛과 소리는 눈앞에 있는 것은 아니고 처음인 빛과 소리 속에만 있어서 그 찰나가 지나면 다른 것이 되어버리는지 모른다.

아내가 카페를 열었다

대개 나를 찾아오는 사람들을 만나는 곳이 아내가 하는 카페다보니 좋은 점이 두 가지 있다. 하나는 내가 커피값을 안 내도 되고, 다른 하나는 보아야 하리라 하면서도 못 보는 지인들을 보다 수월하게 만날 수 있다는 것이다. 일이 있어 제주에 오는 반가운 벗들이 비행기를 타아 하는 일정이 빠듯하나보면 "왔나 산다"고 전화만 하고 가는 경우가 많다. 올해 초 갑작스레 아내가 월정리에 카페를 열고 일주일에 두어 번 나도 나가 앉아 있게 되니까 카페 구경 삼아 자연스레 나를 만나러 오는 지인들이 늘었다.

사실 카페를 찾아온 첫번째 손님은 이병률 시인이다. 그는 카페가 개업을 하기도 전, 아내와 내가 백 년 된 제주 구옥을 리모델링하고 있을 때 소식을 듣고 달려와 엄청 훈수를 두고 갔다. 시인이자 여행작가로 본래 세계 여행을 많이 하고 좋다는 곳을 일 삼아 다니는지라 공간 감각과 장소에 대한 젊은 감성이 뛰어난 사람이니 척 보고는 할말이 많았던 셈이다. 예를 들면 "선생님, 창은 밖에서 주방이 보이게 이렇게 내시고요. 여기 턱은 하나 없애고, 가능하다면 화장실은 밖으로 빼는 게 좋겠어요" 하는 식이다. 우리 부부는 일부 그의 의견을 반영해 가능한 촌집을 그대로 살려서 생전 해보지도 않은 카페를 덜컥 오픈하게 됐다.

오늘은 뜻밖에 시인이자 방송작가인 김옥영 선생님이 오셨다. 언뜻 한 장의 그림이 단편의 추억으로 떠올랐다. 등단 직후 오규원 선생님이 중앙일보 문화면의 상당 부분을 차지하는 시평란에 내 시를 소개해주신 인연으로 선생님 댁을 방문한 적이 있다. 그때 부엌에서 과일과 과자 등을 내오시던 김옥영 선생님을 처음 뵀는데, 아마도 그 가을이 짧고도 길고도 깊은 가을이었나보다. 선생님은 4·3과 관련한 다큐를 찍는 일로 제주에 오셨다가 내가 카페를 열었다는 소식을 듣고 일부러 찾아주셨다. 일흔하나의 백발 여인이 된 그분에게선 아직도 현장을 뛰는 사람의 넉넉함과 그에 따른 고독감 같은 감정과 색상이 조영하는 공터가 엿보였다. 하릴없이 한 시간쯤 기분 좋은 오후를 보내며 함께 이런저런 이야기를 나눌 수 있어서 좋았다. 최근에 어디선가 읽은 인터뷰 기사에서 그분은 작가로서 세상을 향해 말한다는 것에서 제일 중요한 점으로 내가 그런 말 할 자격이 있는가를 고민할 수 있어야 한다고 했고, 젊은 사람들에게 작가가 되려면 먼저 자신을 훌륭하게 만들라고 했었다.

그저 그런 선생인 나도 가끔은 제자들의 작품이나 생각, 행동에 끼어들지만 내가 선생의 자격으로 딱 부러지게 그런 말 하기는 어려울 것 같다. 이야기는 언제나 삶 또는 '인간'으로 돌아간다.

아내와 나는 그분을 카페 골목 바깥까지 배웅하고 돌아왔다. 아내는 말했다. '부인'이 오셨던 건데 어쩐지 만나본 적 없는 오규원 선생님이 오신 것 같은 기분이 든다고. 살짝.

해녀와 함께

　동년배 해녀 친구가 한 명 있다. 어느 해 허영선 시
인이 시집 『해녀들』을 내고 늙은 해녀와 약속이 있다
고 해서 동복 해안가에 함께 간 적이 있다. 그때 만난
해녀의 모습과 그 자리에서 들었던 해녀의 노래에 흠
뻑 빠진 나는 그후 사용하지 않는 해녀탈의실을 아내
의 작업실로 임대해 쓰면서 종종 어촌계와 해녀의 집
을 드나들게 되었다. 동네 해녀인명사전 같은 걸 만들
때 거들며 알게 된 상군 해녀는 나와 연배이다.

　그녀의 집엔 바다를 볼 수 있는 낡은 나무 의자가 마
당에 있고, 빨랫줄엔 빨래집게에 매달린 잠수복이 마
르고 있다. 그 고무옷 궁둥이에 고무풀로 동전만한 구
멍을 때운 흔적이 있다. 초가을 볕이 말랑말랑해지는
조용하고 편안한 시간 귀퉁이, 우리는 색깔이 예쁘게

마른 미역 냄새 감도는 제주의 가을 마당에 골판지를 깔고 앉았다.

아니한가. 감태밭 위를 유영하며 미소 짓는 늙은 해녀의 웃음은 해녀만이 알지 않을까. 바다와 살아야겠구나, 생각되던 젊은 시절엔 돈 나올 데가 없어 바다에 들어갔지만 요즘은 바다가 정답더라고 한다. 힘들어서 그만두고 싶은 숱한 시간을 넘기고 나자 여기가 내가 살 곳이었고 살 만한 곳이었다는 생각이 든단다. 세월이 휘젓고 떠나간 그 뒤편에서 호이호이 숨비소리, 혼자 울고 싶어 물속에 들어갈 때도 있었다는 늙은 해녀에게 가장 은혜로운 대상은 바다라고 해야겠지.

관도 수의도 없이 물질하던 잠수복 차림 그대로 저승으로 옮겨가 돌아오지 않는 해녀도 여럿 봤지만, 그래도 바다에 가면 모든 걸 잊어버릴 수 있다고 했다. 검푸름 외의 것은 아무것도 내다볼 수 없고, 자신마저 알아볼 수 없는 바닷속에서 인간은 시간을 벌 수 없다. 일곱 살 때 물질을 배워 육십 년을 바닷속에 드나들었으니 머릿속은 늘 뱅글뱅글 레코드판 돌아가는 것처럼 어지럽고 두통을 달고 살지만 바다를 좇아 다다른 곳에 바다의 여인, 해녀의 늙은 시간이 와 있다. 그녀는 전복 한 접시를 썰어서 내온다. 그러고는 말한다. 스스로 만족스럽지는 않지만 이렇게 살아서 그래도 세상에 큰 폐는 되지 않았다는 것이 감사하다고.

귤농사도 짓지만 귤밭도 이미 다 자식들 앞으로 줘 버렸고, 이제 가진 것도 없다고 했다. 주고 싶은 것이 있으면 살아 있을 때 주어야 그 물건도 빛이 난다. 그러지 않으면 버리고 가는 거나 마찬가지이다. 해녀들은 누구나 자신의 숨의 한계를 안다. 그래서 숨의 마지막에 이르기 전에 물속에서 올라온다. 아무런 장비 없이 바다 안에 머물 수 있는 것은 오직 숨을 멈추는 것뿐이며 나의 숨만큼, 숨의 길이만큼 머물 수 있다. 그래서 물속에서 배운 건 욕심을 버리는 일이었을 것이다.

언젠가 제주 바다를 두고 가는 해녀가 되고, 바다 앞에서 먹선으로 배 한 척을 이루는 인간의 의무도 할일을 다하게 될 것이다.

곶자왈의 전언 속으로

드넓은 귤나무 묘목 지대를 지나 곶자왈이 시작되는 숲속으로 마른 천을 따라 일 분만 걸어들어가도 세상은 딴 세상이 된다. 대지와 온갖 나무들과 대기는 구부러지고 펴지며 녹음을 낳고 그 녹음의 일렁임은 우리가 얼마든지 낮아져도 괜찮고 작아져도 괜찮다고 말해준다. 이곳에선 딴지 사랑받는다는 느낌뿐이다. 걷다가 빨간 잎이 하나씩 지는 담팔수 밑에 앉아보고, 돌무지를 감싸고 있는 키 낮은 관목 뿌리를 만져본다. 때로 곶자왈은 검다고 할 정도로 깊고 외로워 세상과 격절된 듯하지만 생태적 명상 속에서 길을 오르고 세상계곡으로 나아가는 젊은이들과 먼바다에서 돌아오는 늙은이들이 '자연' 혹은 '생명'이라는 이념을 물려주고 물려받을 만한 곳이다. 불현듯 초록을 한 자락 움켜쥐며 바람이 수런거리다 이내 빗소리가 나뭇가지들을 두

드리기 시작하면 삽시간에 주단에 수놓아진 곶자왈은 찢어지고 쓸리는 음악의 향연으로 뒤덮인다. 그 빗방울은 진짜 존재하는 것을 존재하는 것으로 확인시키며 무제한적인 방기 속에 풀어놓고, 이 복합적이고 기이한 아름다움 앞에서 '창조력'이라는 말이 가장 순수한 형태로 자신의 본질을 드러낸다.

입도객들의 폭증, 교통 체증, 쌓이는 쓰레기, 물자 부족, 자연 파괴와 바다의 사막화 등 제주도의 위기로 일컫는 현상들은 누대에 걸친 제주도의 완전성, 균형 상태가 깨뜨려진 결과다. 모든 게 다 나빴다고 말할 순 없지만 제주도가 마땅히 지녀야 하는 모습과는 다른 것이라 할 수 있다.

그래도 제주도가 우리의 희망인 것은 본래대로 남아 있는 원초적 자연생태계의 보고이며 아직은 가장 옳게 보전되고 부활할 수 있는 기회를 가진 땅이기 때문이다. 곶자왈이 해주는 말은 지금 켜켜이 쌓이고 있다.

아내의 마음이 붓질해간 저기는

　이른 아침 여섯시, 이부자리를 빠져나와 씻지 않은 채로 우리는 곧바로 대문을 열고 나가 차에 시동을 건다. 거리에 차가 없는 시간이라 동회천 로터리에서 직선으로 곧장 도련동을 지나 삼양해수욕장까지 십 분이면 된다. 맨발로 모래 해변을 걷는 사람의 발은 예쁘다고 했디.

　밀물 때의 검은 해변은 새벽 어스름 빛과 밝아오는 하늘빛이 섞여 모래사장에서 번들거리고, 그 번들거림은 물의 밀려듦과 스며듦 사이에서 옅은 빛을 모으고 내뱉는다. 검은 모래사장 앞에는 밤새 불을 켜고 있는 삼층짜리 꽤 큰 베이커리 카페가 있고, 세 발 수레를 밀며 쓰레기를 줍는 노인이 집게를 들고 지나가고, 그 앞에는 과태료 안내문 입간판이 있다.

폭죽 불꽃놀이 5만원 / 오토바이 통행 5만원 / 자정 시간 외 물놀이 10만원 / 쓰레기 버리는 행위 5만원 / 흡연 10만원 / 애완동물 목줄 미착용 5만원 / 애완동물 배변 미수거 5만원

　안내문 근처에 아내와 나는 운동화와 양말을 벗어 두고 바짓가랑이를 무릎까지 접는다. 해변에 사람들이 하나둘씩 늘어나는 걸 보며 모래사장에 발을 들여놓으면 물 없는 곳은 약간 차갑고 돌가루 알갱이들이 맨발 바닥에 텁텁하게 붙지만 이내 물 있는 자리에 발이 닿으면 온기가 있는 바닷물이 부드러이 발을 싸고 물결을 따라 모래 알갱이들이 발바닥 밑으로 새어나가는 느낌을 즐길 수 있다. 아내는 내 허리춤을 잡기도 하고 앞서가다 돌아보기도 하고 멀리 가버리기도 한다. 아내와 거리가 생기면 나는 얕은 곳에 쭈그리고 앉아 한 물결이 밀려왔다 내려가는 그 짧은 사이에 멀리멀리 나가 앉아 있는 마음이 된다. 아내가 무어라 하지만 내게는 들리지 않고, 아내의 마음이 붓질해간 저기는 우리가 언젠가 한 번은 발 딛고 설 간절하고도 지극한 이별이라는 현실의 어느 디딤돌 위일 것이다. 그것이 고

도이며 바다 앞에서 아무것도 뜻하지 않는다 해도, 까르르 부서지는 당신의 웃음과 향기가 나의 운명에 아무것도 아닌 건 아니리라.

먼 방파제 끝에서 붉은 등빛이 깜박이는 것을 보며 무슨 생각이 떠올라 나는 미소 짓고, 쏴아~ 쏴아~ 무슨 말인가 하고 있는 물결 끝자리를 따라가면 맨발 산책자들이 귀를 쫑긋거리며 내 옆을 스쳐간다. 떠밀려 온 돌미역 같은 해초들을 피하지 않고 그냥 맨발로 밟고 지나간다. 그것들은 보기보다 미끈거리지 않고 그 거칠고 딱딱한 느낌이 살아 있다는 반응을 일으키며 묘하게 감각을 건드린다. 문득, 눈앞에 없던 사람이 걸어오고 지나치며 내 옆을 지나간 사람이 다시 니티날 즈음 아내는 앞에서 두 팔을 벌리고 서 있다. 배라곤 가시권 내에서 가장 멀리 떠 있는 단 한 척이 있을 뿐이다.

내가 적어준 대로 다 사는 거 아니예요

탑동에서 장을 본다. 늘 아내와 함께 하나로마트나 이마트엘 가지만 아내가 늦게까지 그림을 그리고 늦잠을 자는 날은 아내가 미리 적어둔 장거리 목록대로 혼자 장을 보고서 근처 카페를 찾아 들어간다. 오늘까지 보내기로 한 원고가 있어서 ABC베이커리 이층 구석에 노트북을 꺼내놓고 주문한 커피를 기다리자니 아내에게서 전화가 온다. "여보, 나 일어났어요. 나 여기 있어." 아내가 말했다. "응. 잘 잤어?" 내가 물었다. "네. 안 깨고 잘 잤어요. 이마트에 사람 많아요?" 아내가 물었다. "추석 즈음이라 그런지 아침부터 북적대는 걸." 내가 말했다. "뭣뭣 샀어요?" 아내가 물었다. "당신이 적어준 대로 다 샀지." 내가 말했다. "이마트면 이마트 마트로면 마트로, 한 군데만 갔다가 없는 것은 그냥 두고 오는 거예요. 내가 적어준 것 다 사오려고 하지 말아

131

요. 여기저기 다니며 힘 빼지 말아요." 아내가 말했다.

　잠시 후 진동벨이 울리자 나는 일층으로 내려가 커피를 받으면서 카페 문을 밀고 들어서는 중년의 남녀를 본다. 첫눈에 왠지 마음이 끌리는 사람들이다. 나는 다시 이층으로 올라온다. 평일 정오 무렵 넓은 카페 안은 조용하고 가을볕이 창가에 와 부스럭거린다. "점심 준비하고 있을게 빨리 와요."

　조금 시간이 흘렀다. 노트북을 들여다보고 검지만을 이용해 자판을 두들기다 문득 고개를 드니 입구에서 봤던 두 중년 남녀가 벽 쪽에 놓인 테이블에 앉아 있다. 나는 노트북을 들여다보며 돋보기안경을 내렸다 올렸다 하다 다시 건너편에 있는 중년의 남녀를 쳐다보다 마치 꽂힌 듯 남자의 얼굴을 본다. 남자는 오른손을 테이블에 올리고 그 손으로 이마를 가리고 있지만 흐르는 눈물을 감출 수는 없는 자세이다. 눈물이 주르르 흘러내리는 남자를 여자는 보고 있다. 그리고 어느 순간 몸을 기울여 남자의 눈물을 손으로 한번 닦아준다. 나는 안경을 접고 눈치채지 못하게 가만히 두 남녀를 조금 더 바라본다.

그때 갑자기 이번엔 여자의 눈에서 눈물이 뚝 떨어져내린다. 그러면서 무슨 이야긴가를 나누다 멎고 이내 고개를 떨군다. 두 사람은 카페 안에서 눈물을 감추어야 한다는 별 의식도 없이 그냥 눈물이 나오는 대로 놔둘 수밖에 없는 심정인 모양이다. 나는 반쯤 몸을 틀어 각도를 옮기고 창밖으로 눈을 돌린다. 마음은 먹먹하고 눈앞은 흐려진다. 예전에 누군가의 눈물을 내 마음에 담아도 되는지 물어본 적이 있었다. 그게 무슨 일이든 두 사람이 잘됐으면 좋겠다. 설마 아무런 희망이 없는 것 같다, 같은 말을 하는 건 아니겠지. 나는 그냥 자리를 덮고 일어선다. 원고는 쓰다만 채.

나는 차를 몰고 조천 방향으로 길을 올라가면서 생각한다. 바다에 빠진 듯 허우적거림이 있는 넘어져서 일어날 줄 모르는 깃발을 본 것도 같고 이번 생엔 이렇게 갇혀서 오도가도 못하는 새 한 쌍을 알고 가는 것도 같다. 나하고는 상관없는 일이지만 이 세상 어느 누구도 치지 못할 곡을 악보에다 휘갈겨대는 작곡가들인 것도 같다. 모든 것을 다 할 수는 없다. 다 하는 거 아니다. 이미 울 줄을 모르는, 울기를 멈추어버린 사람들도 많다.

베네치아에서 아내가 부친 편지

우리가 함께 간 베네치아에서 제주로 부친 아내의 편지를 읽고서 전축에 판 하나를 건다.

비발디의 〈사계〉 음률은 십자형으로 배치된 산 마르코 대성당의 돔들 위로 흘러가듯이 오늘은 신촌리 언덕에서 함덕 바닷가 마을까지 퍼져내려가는 것만 같다. 베네치아 출생의 비발디는 바이올린을 들고 대성당 지붕 위에 올라가는 꿈을 꾸곤 했다. 신부가 된 비발디가 지금의 메트로폴 호텔 자리에 있던 고아원에서 바이올린과 비올라를 가르치던 가을 속으로 나는 빠져든다. 비발디가 가난하지 않았으면 절대 하지 못했을 고아 소년 소녀들로 구성된 오케스트라를 지휘할 때 가장 행복했다는 말을 떠올린다.

아내가 베네치아에서 사온 모차렐라 치즈를 굵직하게 써는 걸 보며 듣는 〈사계〉는 지금 다음 계절로 넘어가고 있다. 당신이 내게 들려주었지. 파리나 빈 등지로 악보를 팔기 위해 베네치아를 떠나던 가난한 비발디를 위해 베네치아 소년 소녀들이 축복해주었고, 비발디에게 성스러운 존재였던 그 아이들은 말린 토마토를 함께 먹으며 비발디가 주는 선물 봉지를 받았다고. 제주의 황금빛 저녁, 조천 항구에 저녁배가 들어올 시간인데 우리가 주데카 운하로 들어가 비엔날레 파티가 기다리고 있는 주데카 섬으로 건너갈 때처럼 노을빛이 노랑으로 기울고 있다.

아내는 크고 작은 종과 방울이 울려대는 베네치아의 결혼식이 끝나고 신부가 된 딸과 신랑이 된 아들을 날마다 새로 얻는 부도(浮島)의 늙은 도시, 오백 년 된 베네치아 색채와 소리를 화폭에 담아보고 싶다고 했다. 화가가 색채와 소리를 다룰 수 있다고 치면, 그것은 본인이 끄집어내는 만큼의 색채와 소리를 보고 들을 수 있다는 뜻이다. 베네치아의 운하를 따라 난 골목을 걸으며 "어쩜 이런 세상이 있죠?" 하고 아내는 놀랐다. 연붉은 벽돌집과 연노란 낮은 집들 사이 방향과 시간에 따라 물빛도 변하고 어쩐지 기다림이라는 인생의 함축이 출렁이며 기다리기만 하는 듯한 베네치아와 암울하기도 하도 화려하기도 한 우미한 베네치안 컬러를 아내는 마냥 헤맸는지도 모른다. 제주에서 베네치아까지 비발디를 들으며 언젠가 다시 한번 오고 싶다며 베네치아 우체국에서 아내는 내게 편지를 부쳤다. "제주에 가면 야마하 디지털 피아노를 내 방에 들이고 싶어요"라는 구절에 나는 괄호 하고 물음표를 달아두었다.

스테인리스 냄비 속의 소스를 휘젓고 있는 아내를 위해 유리알 같은 제주의 아침은 창가에 치자꽃 향기를 올려놓는다. 아내의 편지는 이렇게 끝을 맺는다. "당신이 좋아하는 자금자금한 제주의 자연 포구들이 기다리고 있어요."

먼 곳

육지에 사는 지인에게서 전화가 와 통화를 하는 중에 그가 물었다. "황 선생은 왜 제주에 사시는 거죠?" 딴 이야기 끝에 갑자기 제주에 사는 이유를 묻자 좀 당황스러웠던 건 사실이다. 보통 지인들은 내가 제주가 좋아 제주에 산다고 여기기에 이유까지 굳이 물어오는 일은 드물다. 어쨌든 그 대답은 어려운 게 아니지만 문제는 내가 뭐라고 말해도 그게 사실의 일부이지 전부가 될 수 없다는 것이다. 말하자면 내가 왜 제주에 사는지 나 자신도 잘 모르는 부분이 있다는 거다. 얼어붙은 듯 꼼짝 못하게 하는 이정표나 호루라기를 불어준 사람이 있었던 건 아니니까.

그런데 한 가지는 이야기해줄 수 있다. 나는 크면 어디로 갈까, 나에겐 아주 어린 시절부터 그런 기대와 궁금증이 있었다. 그리고 나는 가장 멀리 가야지, 가장 멀리 가서 살아야지, 라는 마음이 있었다. 그곳이 어떤 곳이든 멀기만 하면 되는 그런 꿈을 꾸었다고 할까. 이 세상에 정말 아프리카가 있을까, 그거 어른들이 만들어낸 거짓말 아냐? TV가 없던 어린 시절에 이런 호기심이 있었으니까 결국 삼십대 후반에 아프리카에 가 살기도 하지 않았을까 생각도 해본다. 이십 년 동안 구호단체 일로 아프리카를 들락거리고 캐나다 인디언보호구역에서 활동하기도 했지만 그게 모두 내 삶터에서 먼 곳이었다. 전남 강진 외진 해안선에 초가집을 짓고 대학에 출강했으며, 다도해가 시작되는 고흥 물가에 집을 짓고 서울 사무실을 왕래하면서도 오래 살았으니 모두 '먼 곳'을 충족시켜주는 거리를 가지고 있었다.

어느 날 김훈 소설가가 자전거 여행을 하다 찾아와 그 고흥집에 '남만'이라는 옥호를 볼펜으로 써주고 갔다. 남쪽 오랑캐의 집이라는 뜻으로, 어떻게 주위에 인적 하나 없는 절벽 밑, 바닷물이 바로 마당에 닿는 곳에 집을 짓고 살 수 있는가. 오랑캐나 할 수 있는 일이다, 했던 거다. 그 산천이 아무리 아름답다 해도 화답이 없으면 너무 외롭지 않겠느냐는 걱정을 해준 셈이다.

그런데 먼 곳엔 먼 곳에 사는 사람들이 있다. 얼마 전 성산포에서 문학 특강을 하고 질문을 받는데 한 분이 내게 물었다. 제주의 보석이 뭐라고 생각하느냐고. 나는 제주 사람들이라고 답했다. 서울에서 보면 제주도는 우리나라에서 가장 먼 곳이고 제주 사람들은 내게서 가장 먼 곳에 사는 사람들이었다. 그들에겐 내가 이방인이라고 할 때 나에겐 그들이 이방인일 수 있는데, 우리가 서로 이방인이라는 중심점을 가지면서도 더불어 살 수 있을까. 나는 스스로 그런 측면의 질문이 좋았던 것 같다.

내게 집이란 먼 곳에로의 떠남과 돌아옴이 교차하는 플랫폼 같은 공간이며, 어쩜 인간에겐 그런 곳이 가장 편안함을 주는지도 모른다는 생각을 한다.

그리고 그들을 믿어야 한다는 것

노래하는 새라면 좋겠다고 해도 바람이라면 좋겠다
고 해도 거기에 무슨 의미가 있다고 맞장구쳐주는 게
친구일 것이다. 인간은 외돌토리가 아니다.

가을이 깊어가고 바람이 차가워지는 요즘 더욱 생
각하게 되는 것은 바로 '가까이 있는 사람들'이다. 그
리고 그들을 믿어야 한다는 것이다. 아내와 남은 벗들
과 몇몇 제자들을 믿는 것이 내 삶이며, 그들이 잘될
것이라 믿고, 무엇인가는 발명할 것이라 믿고, 커다란
슬픔도 이겨낼 것이라 믿는 일이 중요하다는 것을 깨
닫게 된다. 몇 개월 동안 시 한 편 못 쓰고 못 보여주는
못난 제자도 이젠 믿고만 싶다. 다시 시작할 수 있기
때문이다.

노력해도 아직 갖지 못한 것, 아직도 풀지 못한 숙제야말로 나를 밝혀주는 빛이며 비전이다. 우리는 각자의 기적을 가지고 다른 기적을 찾아가는 것인데 그걸 꿈이라고 불러도 좋겠다. 기적을 조금 더 노력하고 싶다. 나도 당신도 가진 것이 없을 것이다. 가진 것이 없기에 나이들어도 우리는 또 시작할 수 있다. 예술가에겐 더더욱 그렇지 않은가. 사실 가진 것이 없어야 부처이고, 예수일 테니.

산귤나무가 있는 집

수산리 살 때 옆 마을에 빈집이 나왔다고 해서 차를 몰고 가며 빈집이 나왔다고 이렇게 달려가는 건 뭔가에 걸려 넘어지는 일이 아닐까 싶었지만, 담장가에 구옥 지붕을 넘어 하늘로 솟구친 엄청난 크기의 산귤나무를 보고는 공간에 대한 나의 애착을 용납하기로 했던 적이 있다. 보호수로 백 년 이상 굳건히 자라고 있는 산귤나무는 노란 귤 열매들이 꽃처럼 가득 달려 줄줄이 손바닥에 떨어지는 거 같았다.

마을의 중심이면서 길에서 살짝 구부려져들어가 있는 듯 없는 듯한 조용한 골목 그 빈집을 구입하고 싶어 잠만 자고 나면 일어나 그 집에 가 산물낭이라 부르는 그 귤나무와 집과 마당, 텃밭에 딸린 감귤밭과 돌담 등을 만져보곤 했다. 정낭이나 대문이 없는 빈집에 햇볕과 바람이 지나다니고 나 또한 그렇게 지나가는 사람이었다.

　이십 미터쯤 들어간 골목 끝집인데 골목 입구에서 보아도 산귤나무로 인해 집이 훤하고, 심지어 그 집에 이르는 길은 보존이 잘된 옛 돌담길이었으며, 인근의 풍광은 인간의 목측을 가로막는 아무런 장애물이 없다는 듯 있는 그대로 그냥 예쁘기만 했다. 비포장 골목길에는 표면에 살짝 솟아나온 돌부리들이 있었다. 나는 돌부리를 왼발로 차보기도 했다. 예로부터 제주에선 남자는 집에서 나와 왼발로 돌부리를 차면 운수가 좋고, 여자는 반대로 오른발로 돌부리를 차면 운수가 좋다는 말이 있다. 저 집을 구입할 돈을 마련할 수 있을까 싶어 돌부리에 얻어걸리기를 바라는 마음으로 그 골목을 찾아가는 것이었다.

　하루는 그 빈집 우물가에 앉아 슬레이트 지붕 위로 무더기 무더기로 달린 귤들이 비명을 지르는 상상을 했다. 오래된 지붕은 슬레이트 용마루가 무너져 평평한 오름의 선처럼 단순하게 멎어 있고 마치 보이지 않는 띠로 겨우 덮어놓아 바람에 뜨려는 것도 같고, 혹은

띠줄로 얽어매어 마당에 더 눌러앉으려는 듯도 해보였
다. 산귤들의 노란 색깔은 얼핏 같아 보이지만 하나하
나 개별적으로 고유한 빛깔을 내며 하늘 모퉁이를 헤
엄치고 있었다.

그 집이 가끔 떠오를 때가 있다. 무엇보다도 산귤나
무의 소식이 궁금하다. 살면서 오래된 것들이 좋고 그
것에 마음을 주는 일이 잦아지는 것은 나름의 빛과 시
간 속을 통과해온 그런 종류의 것들에 스며들어 있는
애잔한 매력과 환상 때문일 것이다. 살아보고 놀아본
것들이 가지고 있는 익음과 죽음이라고도 할 수 있다.
사람들은 아주 할 수 없이 되면 진실을 생각하고 고향
집의 감나무나 귤나무를 무덤의 하나로 생각하게 된다.

사랑하고 사랑해서 두 생째 세 생째
당신을 쫓아갈 수 있다

문학 강연 자리에서 사회자 이병률 시인이 내게 물었다. 전생에 무엇이었다고 생각하느냐? 문학을 이야기하는 자리에서 불쑥 전생에 무엇이었다고 생각하느냐고 물어볼 수 있는 사람은 아마 이병률 시인밖엔 없을 것 같다. 그리고 본인은 과연 전생에 뭐였다고 생각하는지 궁금해졌다.

다소 소박하고 엉뚱한 생각이긴 하지만 한해살이풀과 여러해살이풀 사이에 두해살이풀들이 있다. 자운영, 꽃다지 같은 흔한 풀들이 사실 두해살이풀인데, 첫해엔 싹만 나니까 다른 풀에 가려서 보이지 않는다. 그리고 이듬해 자라고, 꽃피우고, 열매 맺고 죽는다. 같은 현생이지만 한 해는 꽃이 보이지 않고 이듬해만 보인다는 점에서 그 두 시기를 동떨어지지 않는 현생의 모습으로 나눠볼 수도 있고. 어쩌면 우리는 전생을 곁에 두고 있으며 내생 또한 품고 있지 않을까. 얼키고설킨 인간의 삶을 풀어줄 수 있는 타래가 되는지 모르지만, 전생이 있다면 현생과 어떤 길고 지속적인 관계이며 동반자처럼 같이 진화해온 결과일 것이고 내생 또한 혼자서는 성립될 수 없는 그런 사이인 셈이다.

또한 인간의 노력에도 불구하고 내생에 더 좋은 사람으로, 더 고귀한 존재로, 끝내 사랑을 이룰 수 있는 사람으로 다시 태어나고 싶다는 바람에 인간이 관여할 수 없는 것처럼 내생이 있다 해도 현생의 인간 영역이 아닌 것은 맞다. 무엇으로 살든 한 생만으로도 힘들고 모진 게 생인데, 다른 생이 더 있어야 한다는 것은 인간이 내생에 관해 지극히 그리고 너무나 인간답게 반응하는 것인지도 모른다. 문득 내생을 기다리던 어머니의 표정이 가만히 떠오른다.

사실 인생에서 좋은 날은 얼마 되지 않는다. 좋은 것만 생각하고 가자는 말도 아픈 말이다. 우리는 어떻게 살아도 바다를 볼 수 있는 여기로 다시 돌아올 수 없고, 현생을 사는 동안만 산 사람이 된다. 분명한 것은 인간사엔 사랑으로 익혀진 성품 없이는 좋은 일이 별로 없다는 사실이다. 사랑을 많이 간직하고 가는 사람이 되지 말고 사랑을 많이 주고 가는 사람이 되면 좋겠다. 만약 전생이 있다면 그 전생이란 현생에 교훈과 영감을 주는 것으로 인간의 신념과 삶의 태도 또는 사랑의 모습과 관계하는 시나리오이며 내생이란 시들어가는 현생을 지켜주는 버팀목일 수 있다. 따지고 보면 생은 거기가 어디이든 죽음의 끝자락 앞이라는 게 사실이다.

내 시편 어디에 "사랑하고 사랑해서 두 생째 세 생째 당신을 쫓아갈 수 있다"는 구절을 써넣은 적이 있는데, 그게 우리가 오래 살아야 한다는 자기암시였다면, 답변은 그렇다. 전생에서 나는 뭐였나? 전생에서부터 당신을 쫓아온 사람.

여행자의 산문

오타루 운하를 따라 난 불빛 속을 기웃거리다 사케를 마시러 들어갔다. 종일 눈이 참 많이 온다는 말은 여행에 관한 이야기이다. 우리가 눈을 맞으며 밤 산책을 하는 동안 기다려준 사람처럼 술집 종업원은 마른 수건을 건네주며 눈을 털으라고 한다.

여행이야말로 아내의 눈빛을 통해 틈입하는 감정을 미세한 부분까지 읽을 수 있는 한 편의 글이다. 내용은 잊어도 된다. 나는 서문만 있고 본문이 없는 책. 그래도 충분히 책인 책. 만약 그런 책을 갖는다면 어떤 책보다 아름다울 수 있을 거라는 말을 한 적이 있다. 내게는 어쩐지 연속적이지만 미완성인 조각난 글, 그런 삶의 서문에 해당하는 게 여행이라는 생각이 들기 때문이다. 그리고 그것은 미완성 자체로 그냥 좋은 것이다.

삶이 어떤 목표를 가지고 있든, 또 내가 어디로 가고 싶어하든 내 뜻대로 안 되는 그런 불만족스럽고, 아쉽게 사라지고 마는 추억들은 우리의 삶을 '여행스럽게' 해주는 요인일 것이다. 전율하지만 무기력한 욕망들을 또각 끊어내고 이국의 눈 내리는 포장마차에 앉아 아내의 눈동자를 들여다보는 이야기이면 된다. 살아보면 만족이란 인생에서 별로 좋은 게 아니고, 사랑이나 예술에서는 더욱 그렇다. 불만족이나 포기 같은 것은 대개 어떤 특별한 경험과 관계를 맺는 일인데, 이건 그 사람의 사고와 능력에 따라 다른 에너지가 될 수도 있다.

세계적인 화가 구마가이 모리카즈처럼 여행을 안 하는 사람도 있다. 그는 말년의 삼십여 년 동안 아예 집 밖으로 나가지 않은 채 자신의 집과 정원에 칩거한 채 주변의 동식물을 관찰하고 그렸다. 그는 기쁘게 자기 세계의 쾌감 속으로 들어가버린 것이다. 현대와 과거가 기억 속에서 공존하는 것처럼, 여행도 여행하는 것과 여행하지 않는 것이 여행 안에서 공존하고 있다. 따지고 보면 인생이란 모든 것이 여행인 셈이다.

이야기를 나누다 아내와 나는 연락두절 상태, 그거 야말로 여행 자체다, 라고 이구동성으로 소리쳤다. 아내가 나를 만나러 처음 제주에 와 "제주는 성스러운 느낌이 드는 장소다. 특히 곶자왈과 오름을 볼 때는 숨이 멎는 듯했다"고 했었다. 제발 제주 여행이 여기서 끝나주기를 바란다고도 했다. 좋은 곳을 두 번 세 번 갈 수 있지만 처음 갔을 때의 느낌은 딱 한 번뿐이다. 아마도 그런 의미였으리, 라고 생각했던 것은 나의 착오였다. 아내는 나와 결혼을 단행하는 것으로 제주 여행을 거기서 끝내고 제주에서 연락두절 상태가 되어 한동안 가족과 몇몇 절친들과만 왕래했었다. 지금은 지난 이야기가 되었지만.

사람들이 귀가하지 않아 밤눈이 그쳐야 할 것 같은 오타루에서 돌아오니 제주 조천은 바람이 무겁고 사납다. 윙윙거리는 바람은 어떤 발전도 이루어지지 않은 여행을 힐난하는 듯 하지만. 당신의 눈동자는 한 명이면 충분하다는 듯 발광하고, 거긴 사랑이라는 핏방울 하나가 글썽이며 눌러앉기 좋은 곳이다.

나무들은 새처럼 바람을 타며

    눈은 이미 간밤에 쌓일 만큼 쌓여 마당을 가득 덮었다. 오른쪽으로 이웃한 말 목장에 말들이 나와 있다. 눈밭을 밟고 큰 움직임 없이 뭉그적거리며 서 있는 말들 위로 또 눈이 내리고, 나는 연필을 입에 문 채 흰 종이 위에 마무리짓지 못한 시 몇 편을 두고 뭉그적댄다. 나는 수정된 시를 종이에 다시 옮겨 쓴 다음 가능한 시가 길어지는 것을 피하기 위해 씨름하고 있다.

    눈은 잠시 멎는 듯했지만, 갑자기 사위(四圍)가 어두워질 때 눈보라로 몰아친다. 멀리 보이는 바다 풍경마저 지우고 눈은 시야 가득 눈송이를 뿌려대며 남에서 북으로 지나간다. 말들 또한 눈을 피해 어느새 자리를 옮기고 목장은 텅 빈 하얀 웅덩이처럼 가라앉는다. 마치 거친 무늬를 새기는 누군가가 점토판에 흙을 짓이기는 것처럼 공중은 한 장의 화폭이 되고, 휘몰아치는 눈보라는 나를 아득한 회상 속으로 밀어넣는다. 그 가운데 내 마음은 똬리를 틀고 무언가 풀어내지 못하는 말을 붙들고 앉아 있다. 그 언어가 아직 모습을 드러내지 않는 이유는 보여주려는 것이 다르기 때문이다.

눈이 그치고 내리기를 반복하는 것처럼 사유는 궤적의 흔적을 이리저리 남기며 쓰였다 지워지고 다시 쓰인다. 구름 사이로 잠시 햇빛이 들어 창밖의 동백나무 울타리를 비추자 그 틈으로 농부의 집 근처에서 연기가 피어오르는 것이 보인다. 바람이 바뀌어 연기는 북에서 남으로 흩어져간다. 그 너머 풍력발전기들이 가늘디가는 선으로 나타났다 사라지고 바다가 갈고리에 끌려간 듯 남겨진 하얀색 띠만을 두른다.

점심을 먹고 책상에 앉아 있자니 한바탕 싸락눈이 쏟아지며 뒷마당을 구르고 동백나무 잎사귀를 때리며 보석처럼 굴러떨어지는 것이 꼭 딴 세상 같다. 마치 시 같은 것을 끄적거리고 있는 나에게 얼빠진 수작하고 있다는 듯.

그래도 나는 흰 종이에 뭔가를 쓰다 지운다. 알 듯 모를 듯한 세계와 풍경들의 체험인 이 시간에 나는 점멸되는 공허와 공연이 끝나고 내리는 색종이 같은 이토록 하염없이 오는 눈을 보며 모호하지만 알 수 있는 것, 불가사의하지만 분명한 것, 그런 것을 생각하고 있다. 꾸지나무나 닥나무 속껍질을 끓이고 두들기고 말려서 만든 종이처럼 종이 위에서 내 생각은 들뜨고 찢어지고 다시 이어 붙여진다. 강한 바람에 남쪽으로 쏠린 먼나무와 담팔수의 줄기들이 연못을 가릴 만한 몸체로 흔들리기 시작하고, 나무들은 새처럼 바람을 타며 공중에 떠 있다. 하얀 무광 햇살을 걸친 채.

4부   우리가 마주치면 왜 눈이 왔을까요

진달래꽃잎이라도 따라 하여보려는 것이다

때를 넘긴 점심과 길 사이에 핀 진달래와
나는 모서리를 이룬다
그런 각선은 메마르고 짐을 풀어도 무릎이 펴지지
않는다

개인적인 흐름이 있다고 생각하는 것은
비 오는 날 무개화차로 지나는 세상을
한 손으로 매달려 쫓아간 사람이
있기 때문이다

닫아두면 슬픔도 피었다 갈 거라고 쉽게 생각한
그 춘정은 정말 아니어서
혼자라 해도 뿔뿔이 갈리는 그 길은 걷지 말라
내 꿈은 어두운 노래방 같아서 하는 말이지만

꽃 있는데 억살지구나 얼굴색이 아니구나
그 소리 듣기 전에
나는 가져본 적 없는 충동과 손잡고

지는 진달래꽃잎이라도 따라 하여보려는 것이다

누구나 기적이라는 사랑을 다해
그 방향으로 가서 작은 짐을 순수한 정도로 내린다
공터는 조금 늘고 영혼은 조금 부양된다

 그 꽃잎 지는 길가에 꽃자루 하나를 살짝 받들어올
리는 일이
 정말 자연적이다

사랑으로 변하지 않는 것은 아무것도 없다

실망시키지 않으려고
옷도 못 입은 채 만나게 된 숨소리와
집도 못 얻은 채 살게 된 땀과
빽적지근한 생활을 하며

수건을 짠다
주룩주룩 꽃나무에서 빗줄기가 흘러내린다

일대에 신경이 쓰이는 젖은 새들이 있지만
새들도 흔들린다는 입지는 단단하게 쥐고 있다
유채꽃은 노른자색으로 어룽대는 존재를 찾으러 스
스로 휩쓸린다

모르는 말들도 모른다는 분을 풀지 못한 채
어떻게든 누군가의 손을 잡고 있다 예의 비 오는 저
녁을 함께 지켜본다
삶의 가지를 붙잡을 수 있다면
결국엔 사랑으로 변하지 않는 것은 아무것도 없다

속상해서 하는 말은 아니다
춘천(春天)에 날아가는 비행기도 어딘가로 가고
나도 노력하고 있다

죽죽 써갈기며 사는 것 같아도

오 분만

　오 분만 기다려줘요

　왠지 영롱을 띤 채 울린다 안 해도 되는 말을 그러고
싶어 해준다

　나 금방 나가요

　어림짐작으로도 초승달이나 옥저(玉箸)를 사용해 내
게 먹이는 기분이다

　나날이 오 분이 있어서 더 그럴듯했거나

　어떤 날은 하루가 딱 오 분이었을 거야

　영원중에 죽음이라는 보상 없이는 오지 않을 것 같
은 벽에 걸린 시간

병꽃나무 아래

이거 봐, 그리움이란 오랜 날이지
모르는 말을 줄 세우고 우물우물 깨무는 일이지
서산 가는 바람에 붙어 떨어지지 않고 주욱 간단 말
이야
쥐약 같은 것을 먹고 뱉을 때
나뭇잎으로 살살 신음소리를 달래며
독방을 쓴다네
오랜 병을 얻으려면 자꾸만 심장을 쓰라고 해

해녀가 살살 해안으로 다가오는
수초 흔들리는 호흡이 날 찾아오거나
이제 병꽃나무 병꽃이 하나둘 허울처럼 꺾어지는
이런 동안의 조용한 여름이라네
슬프면 일생 슬픈 것이 이상하지 않을 걸세
그리움을 안간힘으로 생각해 달리지는 말게

사랑, 뜻밖이에요

당신의 입술이 처음 지어낸 당신, 이라는 말을 내게
주고
한 손은 비닐봉지에 든 흰 달떡을 건네주었다
가도 가도 닿지 않는 일이 있다는 걸 모르는 척하다
생각한다
저린 메아리가 숨쉬는 이 길은 누가 정했을까

당신, 뜻밖이에요
전에도 가난한 골목에 드는 볕 한줌이 림프액처럼
둘 사이에 쥐어져 있있고
그걸 연인이라고 했지요
유혹적이고 비극적인 꿈이 태부족인
이런 솔길을 이 시대를
일 년이 되니 또
지나가시네요 없는 나를 데리고

무엇하면 무엇하게 와도 되고 가도 되지요
금빛 폭포수 아래 고성을 지르며 젖어보던

시간이 떠납니다
내가 살아 있다면 사이사이 어디선가 당신 때문에
죽은 척하고 사는 건데

백열전구가 나간 집에서
어떻게 그토록 딱 맞출 수 있었을까
사랑은 더듬지도 않고

미망인

슬픔을 주는 이유가
주는 쪽에도 있겠지

도톰도톰 쌓는 기분으로 받으면 될까
아내를 잃은 미망인인데

다 앓고 나면
옳다 싶을까 그럴까 싶을까
내일이라는
좋은 날을 내게 가르쳐주려는 것이라면
나쁜 날은 다 이룬 셈이지만

슬픔을 헤쳐나갈 영법까지
뺏는
경우가 이번만이겠지

날마다 단풍 든 잎이 몇 개씩 지는
담팔수에 기대

버스를 탄 듯 흔들리고 있자니

이미 지나친 곳에 안대를 대도
하나씩 떠오르는
쩝, 호시절이었네

나에게 와주는 셈 치고
왔다 간

와흘리 메밀밭

언제부터 모든 말이 돌 같은 느낌이 들었습니다
당신이 잘 지냈으면 좋겠습니다
이 말조차 당신에겐
이상하게 되었지만
돌밭을 또 풍우가 헤치고 갔습니다

누가 누구에게랄 것 없이
변한 사람이 이겼습니다
메밀꽃은 피었다가 체념처럼 식었습니다

다만 당신에게 한 말이
나 자신에게도 한 말일 수 있는가 생각해봅니다

와흘리 메밀밭이
돌밭인 까닭을
돌 틈에 맨발을 넣은 자는 말합니다
몸속이 돌인 사람도 있었습니다

살짝 발을 바퀴 밑에 밀어넣을 때

헤어짐은 몸안에서 펄쩍 뛰며 시작되지만
망가진 데가 이렇게 조용하기는 처음이다
어느 겨울밤 식구들 몰래 씻지 않은 냄새를 방에 들인
색 바랜 감정도 조금은 모본단 저고리를 입고 싶어
한다
해맞이해안도로에서의 약속은 물위에 쓰러지던 돛
폭에 펼쳐진 것이고
나를 밟듯 지나간 것이 벌써 몇 번째인지도 모른 채
사랑은 셀프주유소에서 태연히 다시 기름을 채운다
그렇고 그렇다 할 만한 관계라 해도
당신에게, 라고 쓴 시간은 보통 몇 단계를 밟으며 떠
난다
그래도 구르는 바퀴 밑에 살짝 발을 밀어넣을 때는
마음을 알아달라는 것이었다

사랑의 자국(自國)

어디로 가느냐고
묻지만 않았더라도
흰 눈 내리는 칠흑 속에도 하늘이 있다는 생각은
못했을 것이다
당신이 더 있는 것 같은 우리의 자국(自國)이 있다면
하늘은 높이로 무한을 그린다 해도 좋을 텐데

우리가 기도했던 게 건강과 평안만은 아니었으니
　길 잃은 잡인의 눈을 감기고 피에로의 뺨에 분칠을
하는 시는 굵은 눈보라와 쏘나니고
　찬 밤공기는 때로 당도가 높고 가난한 기다림은 또
기다렸고
　죽은 사물과 지낸 건 아니었다

　생활이라는 으레 형편이 안 되는 골목쟁이 끄트머리
　그런데도 아직 부정하고픈 산물(産物)이 필요한 낡
은 책상에서
　때깍때깍 부러지며 가야 할 신작로는 나고

내 녹슨 굴렁쇠 굴리는 밤하늘의 여백은 어디까지
인가
당신이 더 있는 것 같은 사랑은 자국(自國)을 찾지 못
하고
말 먹이는 자였으니 여기 적어둔다 어디로 가느냐

이름조차 맑은 눈동자에서 나왔는데
둥글게 한 사람이 눈동자 위에 앉아 있다

외출

여보, 나 여기 있어요

골방에서 브래지어 후크를 채우며,
필요하면 불러요

나는 덤불에 떨어진 제비꽃과 속닥거리며
송사리떼 같은 시간이 모래를 털고 있는 걸 보고 있
었다

그래,
당신이 있어서
꽃잎 하나가 위성 접시에 툭 하고 떨어지는지 몰라
안 생기는 일이란 없다며
그늘나무 아래 작은 새가 앉아 보고 있다

기다리는 것으로 치면
먼발치에서 우연히
혼자 우는 일이 있고

혼자 웃는 일이 있다

연잎에 밥을 쌌습니다

당신 거기 있어요?
언젠가 아주 진미라 했던
연잎에 싼 오곡밥을 차렸는데
집 대문이 열렸어요 그 안에
있지 않고서야 갈 데가 없는 사람
당신 어디 있어요?
우리가 이렇게 꿰인 것을 아름다움이라 믿으며
아름다움 때문에 살았으니
조금만 더 기다려요
한 시산마나 오는 버스에시 매번 내리는
인공눈물을 따라 들어온 달이 아직 지지 않아서요
이러다보면 다시 또 함께 걸을 수 있을 것 같은
오늘 어룽대는 거리에 그 어룽대는 거리
그해 오월 광주 불 꺼진 창에 잠겼던
나도 당신도 산 사람은 아니었어요

생각한다

어디로 가버렸으면
어떻게 할까
올리브유 사러 간다고 했는데

눈물 쓰러 가는 마음은 어디까지 간다고 할 수 없어
올리브유 사러 간다고 했을까

늦여름은 나처럼 개기고 앉아
더운 올리브유를 읍내에서 신안동까지 팔고 있다

은둔자의 집

작은 폭포가 있고 귤밭 사이로
길게 말린 은둔지가 있었다
샛바람은 집 구경을 하는 여자보다
먼저 들어가고
주변에 피부가 흰 나무가 보았다
그 나무를 닮지 않은 작은 나무도 있었다
노출된 방들은 놀라는 눈치 없이 하나씩 문을 여닫
았다
무엇을 위해 이런 고립을 지었을까, 여자는 생각했다
복녁방 노인의 이야기는 계속되고
검정 부리를 한 새소리가 나무를 등지고 있다가 날
았다
매수자가 되고 싶은 여자의 손을 붙드는 제스처로

집주인의 아내가 그림을 그리다 나올 것도 같지만
생리사별이 아니어도 그림은 늘 잘 되지 않는다
대신 굴렁쇠 같은 모습으로 낮달이 지붕 위에 올라
갔다 내려간다

연못에 펼쳐진 테이블엔 붕어가 지나다니고
　은둔지라도
　은둔을 잃지 않도록 올레길 리본이 올리브나무에
달려 있다
　여자는 이층에서 내려다보며
　이렇게 해놓고 아까워서 집을 어떻게 팔까, 라는 생
각을 한다
　여기에 없는데 불쑥불쑥 이야기에 뛰어드는
　은둔자와 그 부인의 집은 결국 여기 아닐까

　물장구는 살살 지는 햇빛이 치게 둔 채

당신도 생각해보는가

고백이란
혼자라는 나무를 붙잡은 꼬불꼬불한 길 앞에
하얀 공 같은 말을 갖다놓고
어둠의 분화구까지 내려보내는 것인데

공보다 먼저 튀며 가는 것이 마음이길래
우리가 했던 말이 맞을 수도 있다 싶어 가슴이 뛰었다

아무래도 제주에 처음 온 사람이 분화구 바닥에 떨
어뜨린 말
우리 결혼할까요 다친 데에 밤새 곱슬수를 놓으며

당신도 생각해보는가
분화구가 안에서 올려보낸 퍽, 이라는 구순한 점자
공이 붕 떠오를 때
안을 수 있었던 자유, 당신 색이고 내 색일 뿐이었던
그밖에는 우리 것이 아니라는 꼬투리를 달았었지

나중에 분화구를 뒤집어보면
붓칠이 그만큼 가 있어야 한다
당신이 한 말은 깊었다는 것

세상을 다 살지 않았습니다

우슬초 핀 마당에
죽음은
산 자와 죽은 자가 마주보는 돌풍일 것이나

깜짝이야,
한마디 없이 그냥 가는 거였네요 신발은 고개를 넘
지도 않고

기록은 사람이 짧게 살다 가는 걸 대개 불행이라 하며
그걸 감사하다 하면 이상하다고 하나
내게서 마음 제일 붉은 데를 드립니다
우슬초로 씻으며

하던 무용을 단정하게 묶은 듯
기억은 꽃대 위에 나비를 앉히고
살았다는 선후 관계가 잠깐 열립니다

일어나야 할 일 중에 꼭 하나 일어나야 할 일을 꼽습
니다
모진 세상을 또 한 번은 살지 않습니다

황토 돗자리를 깔고
네, 우슬초가 뭔데 가꾸느라 애썼을까요

나 여기 있어

빗방울은
창가에서 형광펜을 찍으며 어두운 쪽잎들을 흔들었다

서귀포문화원에서 강의를 마치고 나오자
두레박이 올라오며 흘러 떨어지는 물소리처럼

나 여기 있어, 주차장 맞은편에서
그대 같고 꼭 그대 같은 급하고 환한

길 건너 빗속에 서서
다물어지지 않는 말소리

내 귀에 살고 있는 말소리 때문에
내 환(幻)은 날마다 얇아지지
귀리 씨앗처럼 말라가

물속의 흙 같은 글자의 들것 위에
두 개의 눈동자를 붉히고

아직도
단 1도 미운 데가 없는 당신, 이라고 쓰고 있을까

그건 또 어느 흙탕물에서 떠온다는 거지만
자신에게도 한 통의 해맑은 빗물은 속삭였으려나

나 여기에 있다는 말이 어디엔가 내릴 수 있어서
비 맞는
그럴 때에도
그리움은 언제나 전쟁중이라는
사실만은 기록된다

첫눈 오는 날을 결정하는 직업

첫눈 관리인이 필요하다면
제법 솔깃한 일이다
첫눈 내리는 날짜나
꽃집 있는 곳의 적설량을 결정하는 업무를 보겠지
일찍 닫는
굵다란 나무에 매단 포장마차가 아직 있다면
저 사람이 또 왔네, 라는 말 나올 때 아예
독자 없는 시인을 첫눈과 맺어주는 일
첫눈 관리인의 잘하는 일과이리
언 절새의 눈테 속에 비치는
첫눈 오는 날을 사랑하는 사람은 어느 날의 재방송
을 기다리는 사람 같겠지
금방 눈물이 나던 날의
사분사분 떨어지는 눈으로
혼자 남은 느낌을 만들 줄 아는
겨울 관리인
첫눈 관리인 입후보 자격은 어느 정도 젊고
고난도의 외로움을 가진 자

단 1인의 추천도 받지 못한 사람

눈밭에 쓰러진 당신의 움푹함을 입으로 축일 줄 아는

자라면, 그리고 첫눈이 제법 무엇이라고 여기는 그

런 사람

제주에서 계속 사나요

청춘이 그 옛날의 해방촌 뿌얀 먼지 같은 물의였을 때
닭집에서 먹던 수란이 그래도 괜찮은 시 아니었냐고

노인을 응원하는 게 자랑스러운 듯한
독자를 만났다

시는 이제 모자라진 피골을 끌고 언덕을 올라가는
맵시인데
　어쩌다 쿠팡을 따라 들어오는 듯한 시
　시인도 아니면 사람 아니다, 라는 말 좋았습니다

제주에서 계속 사시나요
　그럼! 아내 없는 아침저녁이 옹삭해 내게서 다른 말
이 나올 지경이나
　계속이란 진심을 싣기 어려워도 되지 않나

이런 판국에
서정시를 쓰느냐고 해도

할 수 없다

병이 나 외로우면 외로움 식지 말라고 외투 안에 팥
죽을 쑤어 안던

우리들 간엔

짓밟아도 어지간한 맨홀 밑으로는 빠지지 않는

모독이 있다

특히나 막연한 말은 누구의 목을 못 조르고

늦은 여름은
내가 느끼고 싶은 발걸음과 비슷하지 않다

썰물이 남기고 간
아, 사랑은 사랑이 아니길 빌 때가 있다
그 어느 날의 사랑으로 돌아가는 것일 뿐

도감에 없는 실물이 된 것을 싫어하기는커녕
뭐든 똑같이 생긴 것은 아니라 하던
내 사링이 전혀 곤란히지 않은 그것인가 싶디

해안가 절 하나가 맡아놓은 중생이란 듯
노을 비치는 눈빛을 끔벅이며
얼금뱅이 상을 한 내 말을 하고 있다
무한대로 달라져버린 기분이 어떤가

불두상 같은 등대 탑 위에 앉아
새처럼

꽥, 소리를 지를 수 있다
나 누구냐 누구에게

썰물이 남기고 간 지난봄은 지난봄 같지 않고
떠나가버린 배를 생각해봐도 넘실거리는 바다에 사
랑의 미침이 있는가

여기서만 삶인 것은 어디서 죽음을 만나며
여기 죽이지 못한 것은 어디서 죽일 수 있나
특히나 막연한 말은
누구의 목을 못 조르고

사랑은 여기 있으니

아기가 울고 있는 낮은 슬레이트집
창문을 때리는 비를
달래고 있는 여인이 안에 있었다

누군가 낙서를 해놓은
사랑은 여기 있으니
요한일서 한 구절이 비뚤비뚤 내려갔다
쓰레받기에 밀어넣은 밤은 빗방울 소리와 멸치 볶
는 냄새를 섞는다

이제 막차를 빼면 다른 차가 없는 구겨진 밤
나는 폐의료선 같은 집 처마 밑에 계단처럼 누워 잠
에 들고 싶다
수포로 돌아간 모든 입맞춤이여, 입맞춤의 헛헛한
단식이여
어쩜 집에 사람이 있었다는 거기만 공연한 보상이
되겠다

빗줄기처럼 기울기를 지키다 가는 것이다

그 속에 마지막 들어올려지는 것은 아기 울음소리
같은 것이리

부케 만드는 노인

한 명하고만 하고 싶은 것들이 있었는데
그래 볼 수 없는 수양버들나무 밑에서
갈래갈래
휘늘어진 것이 사유이고 노래인 날들이 가자
고르지 않은 날씨가 잦다 결혼에 대해 입장이 애매한
부케 만드는 노인을 만나
그것이 왜 현실 같지 않은지 말을 던졌다
언제 눈물은 잉크빛이 되었는지
어디에 빚이 많은지
현실을 알기라도 할리치면 들판은 곧 어두워지고
만다며
사랑은 사랑하는 사람을 대신하는 것이라는 듯
결혼하지 않았느냐고 묻는다

총과 노인

책상에 엎디거나 의자에 기대어 총을 쏘곤 했다
어떤 땐 몰라서도 쏘았을 것이다
주로 해안을 빙 돌아가 맞히는 것인데
총알이 적절히 굴러가더라도 신의 한 수를 비는 자
세일 때 적중률이 높았으려나
떨고 쫄아도 상관은 없으나 어느새 저녁이 대자리
를 깔며 오고
제 몸을 집어넣는 것이지만
총 안에 들어가는 사이즈를 더이상 모를 수가 있다
말이 쭈글쭈글해져서

사실과 다른 행불행

여름날
거실문으로 반딧불이 한 마리가 따라 들어왔다
방 한가운데 놓인 오래된 선풍기가 돌며 음성신호
를 보낸다
오, 그렇게 말이 통하다니 반딧불이는 어둑한 방안
을 날고
우리는 이런 데서 전재산을 느끼다니

인생이란 이런 일부를 본인이 사는 것일 뿐
니머지를 전세로 끌어안고 있는 거야
아내는 신기하고 예쁜 광경에 놀라 선풍기를 껐다
좋아요를 누르고

이게 반딧불이의 사랑이라면
한 방울의 반딧불을 가진 영혼의 세입자로 나타나
볼게
오늘 밤을 좋아하는 당신 앞에

작고 희박한 것만 모은 취향엔 그 이상의 뭔가 있어

코피가 발치에 떨어지는 순간의

코피가 발치에 떨어지는 지점의

빛 같은 것만을 모아 비행하는 반딧불이가 당신인

가 싶고

반딧불이는

우리가 방을 쓰고 어서 나가기를 기다리는 것 같고

번드르르한

사실과 다른 행불행

꿈이라면 어느 쪽으로 날아보겠는가

물통을 들고 갔다

큰 물통을 들고 갔다
수그리고
악착같이 올라가면 언덕엔 한 집이 있다
바람에 넘어진 나무를 피해가면
연로한 사람이 밖에 의자를 내놓고 앉아
내게 말했다
저런, 어림잡아도 처음으로 온 미래를 너무 잃으셨군
나는 고개를 끄덕여줬다
수액이 흐르는 나무에서
나는 흐린 나이테도 함께 얻어갈 요량이었다
누구의 손도 들어주지 않는 유속은
밤새도록 뒷짐을 진 채 흘렀다는 느낌이 있다
생각해보니 봄은 알람이 울리기 전의 시간까지 한
묶음 팔았다
내려갈 때는
좌우 나무들이 휘고 쏠렸다
그들도 혼자 앓는 데는 마르지 않는 것 같다
바람이 구석구석 문대자

물통이 헝클어지며 물이 쏟아지고 소리가 났다

여러 번 물거품같이

양철판에 잔잔한 물결이 치고 있다
물거품 하나가 퐁, 숨을 내쉬며 꺼진다

즐겁게 지내세요
지상엔 흙덩이가 떨어져내리는 우수(雨水)

양철판이 긁어지도록
붓이나 진흙으로 문질러가며
얼굴을 그리는 일이 있어요

곧 함구하는 줄 알았다면
입술은 몇 번 더 칠했을 텐데

그래도 여러 번 또 여러 번 빨고 썼었으니
양철 조각에 베인 시간은 시간답게 갔어요 됐어요

어차피 양철판 위에 빈 금조개 끓이는
부석부석해지고 까맣게 타는 게 예술이니깐요

당신을 본다

라이터가 잘 켜지지 않는 일, 그런 게 남은 운명과
연관 있다는 생각 따윈 하지 않지만
　기다림은 또 가더라도 불빛 같은 게 육자배기처럼
깔려야 할 필요가 있다

　정류장에 한쪽이 젖은 영혼들의 짚단
　바람은 연탄가스를 피우고 오는 중이다

　최초를 다시 시작할 수 있어서 가는 중인데
　당신이 내가 진짜 나인 줄 알 확률은 그래도
　어둠 속이 제일 낫겠지?

바다 수영장

해안에 만들어진 수영장 안으로 파도가 덮쳐온다
바다에 담갔다가 거름망으로 수영장을 들어올린다

아내처럼 물 밖에서도 뜰 수 있는 영법을 찾아
나는 허우적거린다 아내가 풍경화를 그리는 오후
두시

언젠가는 집에 기적이 딸린 수영장을 가지고 싶었
는데
먼저 결혼을 해버렸다

아직도 수영장 때문에 친구가 된
사람들이 내 발을 잡고 있다
헤엄은 잡아끄는 대로 물을 먹다가 자작나무가 건
져줄 때도 있다

아내는 수영이 없는데 수영장에 있는 나를 몇 차례
보았다

2단 피크닉 도시락에 찰밥을 싸가지고 왔을 적

아내의 손을 잡고 누우면
돌고래와 나란히 물속을 도는 기분이다 마법같이

함덕해수욕장

내력이라면 아기 울음에도 한 고집 있겠지

어느새 아침이 되고 다음날 아침이 되는 널브러진 바다가 귀찮지도 아프지도 않고 가물가물하게 눈에 달린다 얇은 꽃잎처럼

눈을 뗄 수 없던 사람이라는 포인트를 가르쳐주러 온 것이라면
종말은 고집을 다 부렸다 내 마음의 요약본은 이곳에서 그곳으로 옮겨간다

나쁜 날은 다 이룬 셈이지만
좋은 날은 평생 하나 오면 하나 있는 셈법을 내력으로 가지겠지 나의 한참 뒤까지

낙조로 보이지 않는 것, 작아지는 그림자의 타이밍, 두 덩이로 남은 고양이, 묵은 진통제, 음식에 얹히는 짙푸른 이끼

그런 이층짜리 잔상의 창고를 안에 두었는데

지나다가 바람이 문을 여는 정도이다 내 고집은 크
지 않다

종아리를 주물러주며 한 사람의 눈에 생기는 동그
라미나 꽃잎에 신세를 크게 졌지만

이런 통곡의 형체를 모를 이유가 있다면

제 머릿속에 심어둔 누군가의 형체 쪽에 있겠지 우
리가 가장 많이 당한

수평선은 이날이 오기만을 기다린 것처럼 손발 주
무르는 톤이 살랑살랑 살아난다

우리를 보고 인사하던 사람이 지나간다

사랑이 최근의 사건이라고 여기는 걸 보며 놀랍다
는 말을 했다

그러니까 진짜 같은 천사는 처음이었겠지

고깃배도 물마루도 지워진

어둠이 홀랑 뒤집어놓은 해변에 혼자 드러누워본다
얼마 만인가

남들 하는 만큼만 하는

죽음이고자 했던 자세

모래톱에 떨어진 소라껍데기처럼
미래라곤 완전히 사라진 순수함만이 네 목소리처럼
희게 부서지고 그 달빛, 윤슬 위에 흩어지고 이어져
마음 말고 다른 것은 줄 수 없는 것이 된다

잊으려 하면 할수록 긴 머리카락은 주변에서 발견
되고
함덕 택시를 잡아타면 내 무릎에 냉큼 눕기 좋아하
던 뒷좌석도 여전히 돌아다니잖아
그런 식으로 날 받아주던 사람이라 그것만을 바로
현실이 당부한다는 듯

함덕의 밤에 빈집으로 돌아가라는
공기 중에 흐르는 신전떡볶이
당신이 그렇게 좋아하던 냄새

슬픔은 집이 없고 때로 망상을 걷는다

잘 지내기를 바라며
도둑눈을 아기 있는 막다른 집 문 앞까지 깔아두고

아침은 벗이 많아서 아직 올 수가 없다
그쪽 세계도 잎새에 빗방울이 태어나고 노점에서
유고가 팔릴 테지

미명은
어느 날 어느 물속에 발을 내리고 뽀글뽀글하게 가
라앉히는
물새를 데리고 있고
물밑에 이층 침대가 있다는 월세 벽보를 동네 골목
에 붙였다

물고기 위에 눈이 내리면
절대 살지 않았다는데
살았다는 증거를 가지고 있다는
시는 발작 증상을 일으키며 하얗게 하얗게 파도를

타는 게 보인다

　상주(喪主)로
　나 혼자 망상해수욕장에 왔다는 사실을 눈치챌 리
없는데
　해송 숲에선 우는 소리가 들린다 싸우는 소리로 들
리지만

　눈이 왔다고
　하는 말은 아니고
　이렇게 궁한 말을 지닌 눈길을 끌고 온 사람이라고
할 때
　그 정도 굽은 등을 오랜 싸움으로 본 적이 있는 거다
　가슴에 호박이 있어 자기 이름 삼은 섬을 지니고도
있다
　물집에 첨벙거리는 말이 쓰리다고 했다
　별빛이 별빛에 아, 살갗이 스친다

　나같이 아무 일 없는 사람은
　얼굴을 뒤주 같은 바다에 집어넣어본다
　하나님, 우리가 마주치면 왜 눈이 왔을까요

당신의 쑥 이파리 같은 새파란 말씀은 무슨 일이어서
어쩐지 향기가 날 만한 눈밭을 골라 걸으며
여기를 망상이라고 했을까

아침을 홀랑 털어먹은 고통이여 참 정직하구나
아침은 몇 장 남은 내 책 한 권의 이름과 같아서인지
기다리면 이미 겪어버린 아침만 몇 개 올 것 같다

제주, 그후

사모하여 내처 당신이 온 곳은 물결이 출렁였다
길에 독본은 없었을 거야
정신을 잃듯 스르르 열리는 길 하나는
끊어진 줄 하나를 퉁기고 있는 사람에게
잇지만, 주객이 바뀐 것도 같다

여행에 대한 이야기니까
홀연히 섬에 건너와 화로 옆에서 시작한 첫날은 그
렇다 치고
적어도 털털하게 하늘을 걸어가는 시선이 있고
새가 눈바닥에 입을 씻는 연말은 일출을 몇 번 보게
해주었다
생의 중간에 황홀은 혼자가 아니었으니까

나 예뻐요?
그렇게 탐이 나는 당신의 연주는
없는 경추 1번을 대부분 땀으로 닦는 데 쓰고 나머지
시간에 섬섬옥수로 시작되었다

이 우한 사람은 들었으니 들었다는 말을 해주어야
했으나
그것도 못했네

깨진 태양의 유리알과
내 묵은 습기와 곰팡이가 들려주는 음성사서함에
눈송이가 날아들면 나는 그 부나비를 지그시 밟아
준다
당신의 이름을 흘리며 아득바득
물 말은 밥을 먹는 이제

나도 그새 미추를 저으며 가고
허리에 얼음 얹는 일도 여행은 한다 우울의 고랑에
부낭 하나를 던진 뒤
당신이 짜준 밤색 목도리에 황도처럼 썩은 내 기타
를 싸매었으니

사실이었던 우리의 제주를
다시 제주 이후로 삼는다

파고

파고는
혼자 먹는 사기그릇을 혼자 닦는 시간 위에 몰아친다

옥수숫대 흔들리는 깡촌에 들어온 게
언젠데
아직도 나이먹는 게 부실한 것이다 뭐든 껍질째 먹
지만
하얀 숭어처럼 뛰는 가창력을
죽음만큼 뼈대 있고 막연하게 구사하는 것이 또 있
을까

나야 무거운 의무에 알맞게 살았다는 것에 대해서
엉덩이가 말랐다는 것에 대해서
티 낼 필요 없고
기도할 때 나는
앓는 소리나 딱딱한 의자를 바꾸지도 않으리

붙어 앉아서도 한쪽이 된 기분이지만

둘 다 상대를 바꾸지 않겠다는
신과 신자 사이
시와 시인이라는 오래고 독한 믿음이
약수저 하나뿐인 협상 테이블을 파고처럼 뒤흔든다
매일같이

사기 조각을 쥔 것 같은 늙은 시간이
입안으로 밀어넣는
쓰르라미 울음처럼 얇지만 깊고 붉은
그 파고

해변에서

이 해변에서 교도소에서 나왔수다 같은
절언을 당신에게 한 적 있네

해변을 보기 위해
커튼을 양쪽으로 밀어보았다
흐르는 빗물을 가만히 양쪽으로 젖혀보았다

나는 사랑을 했네
알 수 없는 수를 쓴 것 같은 사랑을

늘어진 능수버들을 쓰고 가다 비를 만난 사람처럼
보이겠지만
철모에 물을 담아 뛰어간 것같이
나는 사랑을 했네

가끔은 억새풀 밑에 당신 없는 잠결을 펴두고
거리에서도 살았으니

지금도 그 자유가 언제인가를 생각해보네
지금도 이 해변이 어디쯤인가 물어보네

모두 적연히 다뤄지고

달은 고스란히 안아서 제 목을 옮긴다 동네 빵 가게
에 들어간다는 듯
이런 일이라면 기쁨이 되고도 남는다

중절모자를 집어쓰고 뒤로 물러나는 일이라면
인사를 잘하는 것인데,
수북하게 달은 기운다
빈털터리로

하늘엔 무슨 무슨 검부러기 말고
노랑 깃털들 말고
다른 것도 있지만

산 사람치고 죽은 사람이 없는
인간의 이야기는 적연히 다뤄지고 있다

방방곡곡 03 제주 조천

다 인연이우다게

ⓒ 황학주 2024

초판 1쇄 인쇄 2024년 12월 20일
초판 1쇄 발행 2024년 12월 30일

지은이 황학주
펴낸이 김민정
책임편집 유성원
편집 김동휘 권현승
디자인 퍼머넌트 잉크
저작권 박지영 형소진 최은진 오서영
마케팅 정민호 박치우 한민아 이민경 박진희
　　　　황승현
브랜딩 함유지 함근아 박민재 김희숙 이송이
　　　　김하연 박다솔 조다현 배진성
제작 강신은 김동욱 이순호
제작처 천광인쇄사

펴낸곳 (주)난다
출판등록 2016년 8월 25일
제406-2016-000108호
주소 10881 경기도 파주시 회동길 210
전자우편 nandatoogo@gmail.com
페이스북 @nandaisart
인스타그램 @nandaisart
문의전화 031-955-8865(편집)
　　　　031-955-2689(마케팅)
　　　　031-955-8855(팩스)

ISBN 979-11-94171-31-7 03810

ㄴㄴ〉〈ㄷㄴ